黄：陪安东尼度过漫长岁月 III

a journey, through time, with Anthony

安东尼 著

2010—2013

somewhere（在某处）/ 清晨 / 潜水

湖南文艺出版社
HUNAN LITERATURE AND ART PUBLISHING HOUSE

新西兰 / 热气球 / 内森

a journey, through time, with Anthony

我家 / 窗外 / 好天气

a journey, through time, with Anthony

上海 / 复兴公园 / 你好

a journey, through time, with Anthony

赛特 / 山顶公园 / 晨跑

a journey, through time, with Anthony

小石子 / 教堂 / 缓缓

a journey, through time, with Anthony

哥本哈根 / 到处 / 都是美少年

a journey, through time, with Anthony

墨尔本 / 火车 / 去哪

a journey, through time, with Anthony

Tom / 小木屋 / 故事

a journey, through time, with Anthony

a journey, through time, with Anthony

天晴 / 窟东窟东 / 我最喜欢的楼

a journey, through time, with Anthony

官邸 / 两年 / 帕萨特

a journey, through time, with Anthony

孔雀 / 裸泳 / 婚礼

a journey, through time, with Anthony

我最喜欢的广场 / 男生 / 都该这样

a journey, through time, with Anthony

wee（一点点）/ 我要 / 飞走了

a journey, through time, with Anthony

菜市场 / 买花 / 几点

这本书送给马克臣 我爸

也许在天堂 地狱或者虫子的肚子里

黄：陪安东尼度过漫长岁月 III

[2010年7月11日 冬天 / 墨尔本 / 你总和我说 你不够好]

有的时候 你走在 道路 一边 我走在 另外一边 我的这边有阳光

我不知道要去哪里 只是 跟着你走 所以 每次走到十字路口的 时候 我就停下来 看看你走的方向

我们 一起走路的 时候 一定在想着 不同的事情 有的时候 我想离开你 去很远的地方 人烟荒芜的地方

可以在海边喝酒抽烟 好好思考

可是 我又害怕 我离开了 你会难过 会哭 我也 觉得 我不能像之前 那么幼稚了 每次遇到这样 尴尬的 局面就要逃跑

于是 我就这样 跟着你走

也许 接下来就会好吧 不快乐 会过去的 会这样想
以后 谁也不爱了 也会这样想

你和我说 你昨天做梦 梦见醉酒 骑摩托车

我说 我昨天梦见 世界末日 只有躲到一个 黑色教堂里的人才能活下去 全地球只有一点点人能幸免 我联系到 我父母以后 就开始疯狂地找你 可是怎么也找不到 后来 我去了那个黑色教堂 穿着斗篷的 精灵来开门 里面站满了人 我在他们之间找你 喊你的名字 觉得很无助

你说 这个梦很傻 我说 我也这么觉得

最近在 整理《陪》 过去的日子 历历在目 这种感觉不错

[2010年8月1日　夏天 / 上海 / Let me be your winter warmer（让我来温暖你的冬天）]

接下来我们要 如何呢 我不觉得 你会和谁一起
我想和谁一起 又怎么也忘不掉你

晚上你一上线 就问 How are you?（怎么样？）
我说 Great（很好）

你说 Great 听起来很positive（乐观的）

我说晚上出去和Mu还有一些模特喝酒

你说 Fancy（喜欢）

你说 你觉得无聊

我没回复 不知道要说什么

过了很久 你留言说 Well, have fun with those models/ maybe you will fall in love.（好吧，和那些模特玩得开心 / 也许你会爱上他们。）

我刚想说什么 你就立刻下线

早上的时候 你一上线 就问我 昨天晚上和模特们玩得好吗

我没回答 我说 我不喜欢你昨天 撇下那么一句就下线

你说 I am sorry（我很抱歉）

你说 I miss you Anthony（我想你安东尼）

我说 I miss you too（我也想你）

开始整理《陪II》 照片和文字 因为安静下来 所以很容易就被那些气氛 和状态左右

[2010年9月3日 Echo说 就知道你的难过不会长久]

其实已经躺下来了 但是怎么也睡不着 于是围上毛巾回到厅里写一下日志

躺下来的时候 脑子里想着各种各样的事 学校的论文啊 新书的修改啊 妈妈 公司同事 以后开的饭店 身边的外国朋友 新欢 旧爱 读者 朋友

上海的生活太丰富 有的时候 觉得自己不像在墨尔本时期那样 脚踏实地了

学校的论文已经 晚交了两个礼拜 可是一直没有动手写 最近做了几个采访 拍了一组照片 有的时候他们问我问题 我也不知道要怎么回答 拍照片的时候我也很紧张 站都不会站了

新书写好以后开始修改 改着改着就觉得还有好多话要说 很多事要记录下来 感觉没写下来 对不起那些人那些事 有的时候又觉得力不从心

之前有点double dating（双重约会） 冷静下来以后 对自

已也挺失望的 其实明明只想和一个人好的 晚上和Thomas 聊天 我说新书封面英文 你来帮我写吧 他说傻瓜 你自己的书应该你自己写啊 我说 Just take it, it means lots to me.（写吧，这对我很重要。）然后他说好 如果你让我做我就做

然后他 忽然为之前一件事道歉 我说没关系 I can handle it.（我能接受。） 他说 I am glad you can handle it.（我很高兴你能处理好。） 我说 I wish I can handle them all but I can't. I am not that good.（我希望我能全部搞定，但我做不到。我没有那么厉害。） 他说 You are too good.（你已经很棒了。）

忽然想到嘴唇烂得像肥肠一样恶心的时候 你也执意要亲我的可爱表情

然后又想起来 欠小四钱还没还 Kim刚刚更新的日志 Jacob今天和我讲的事 小青的支持 空间不能用了 日本朋友的生日礼物还没寄 小野一个人在墨尔本 也不知道 那鬼欧文师傅怎么样了 等等等等 乱七八糟的事儿

Edu发消息过来说 晚安 我们上海见 给他回复了消息以后 开始想妈妈

昨天给她打电话的时候 她声音听起来很不好 之前眩晕症 连床都起不来 我总觉得她最近身体不好和我有关 年初我

和她说过的事 对她打击很大 尽管之后我尝试弥补 她似乎也释怀了 但是我知道她一直担心 我妈我爸一直说我懂事 不让他们操心 其实我觉得我挺不孝顺的 害我妈现在身体不好 我嘴上不说 但是 心里很难过 现在想想 还不如不告诉他们

十一月末要出版的新书 没有在期待大卖 也不知道为什么 不是高调或者怎样 只是希望喜欢《陪I》的人 还喜欢《陪II》我觉得我看起来不在乎 其实心里很紧张

我也说不好我在紧张个什么劲儿 其实我一点都不在乎是不是有很多人喜欢我 更别提那些不喜欢我的了 那天和小四一起吃饭 他说 《陪II》的封面太素了 我说素一点好 不会过时 以后《陪III》《陪IV》都这样 他说你以为写散文能写几年啊 今年喜欢你的人明年就喜欢别人去了 我说这些我都看得很淡的 以后没人看我的书了 我就好好当个厨师 也能挺开心的 他说 嗯 是

不知道为什么 今天晚上就特别难过 很想我之前工作的同事 我老板 想墨尔本那边的朋友们 想Thomas 世界各地的朋友 上海的朋友 想父母

我觉得 我有一点累了 尽管似乎我什么都没做

明天要开始自己做饭吃了 吃自己做的东西 一定会变得元气起来 一点点地 嗯 加油

刚开学的 朋友们 要好好学习 工作的朋友们就好好工作 谈恋爱的就好好谈恋爱

希望以后有一天 有人说 你变了的时候 我坦然地知道 我没变 或者 变成更好的人了

[2010年9月6日　喜欢的女生告诉我 你变得更有贵族气质了]

早上起来 看《诺丁山》 收拾家 买了厨具

下午上街 吃饭 穿了白色衬衣塞进去 小短裤 皮鞋 墨镜 感觉好极了

吃了 上海排骨年糕 小馄饨 感觉好极了

吃完 以后 要了杯咖啡 边走边喝 感觉好极了

回来的 路上在淮海路电影院门口 被一个背大相机的 腼腆男生拦住 他说 你好 我们是××时尚杂志的 你穿得很有范儿 能不能给你街拍 感觉好极了 我说 好

他端起相机 我做作地 喝了口咖啡 结果Take Away（外带）盖子没盖好 一下子洒了一身 整个白衬衣胸部还有 裤子…… 一下子 没有了感觉…… 然后感觉糟透了

他窘了 然后说 不好意思 我说没事 人来人往的淮海路 我像是被人尿过一样站在那里 好想自己挖条地铁回家…… 感觉糟透了

后来把衬衣抽了出来 挺胸抬头地大步走回家

亲爱的不二 人的一生有很多种感觉好极了 也会经历很多感觉糟透了

不过其实 这些都没什么 不用看得很重

很多年 以后当你回忆过去的时候 我敢保证 那些好极了和糟透了的时刻你都会记不清了

唯一真实 和让你骄傲的 是你挺胸抬头走过的人生

[2010年9月15日　我喜欢Amy Winehouse（艾米·怀恩豪斯） 多过Adele（阿黛尔）]

Mu应该是最好的室友 白天不宅在家 又经常旅游 德国

捷克 香港 英国

我应该是很差的室友

[一个月前]

Mu请了阿姨 他白天要出门 和我说 今天有个阿姨会过来打扫 我和她说好了六十元一次 你看看到时候和她讲讲 能不能五十元 以后我们就长期找她

我说好 下午两点阿姨来了 她看起来也就三十来岁 我觉得叫她阿姨不适合 就叫她小孙 和阿姨一起在家的时候 觉得很不自在 于是 一会儿给她倒水 一会儿给她开空调 我觉得这个阿姨做事很认真 连床底下都给我拖了 当时心里想 我就不和她讲价了 等Mu回来就说 对方不还价

结果 大概一个多小时以后 阿姨打扫好了 我给她钱 她说你家这么大 打扫起来很麻烦的 一次六十元太少了 她说 我骑车来的 很辛苦 刚才来的时候车子还被撞到 修一下又要很多钱（这个时候 外面开始下雨）

我心里有点过意不去 就说 那这次给你一百元 以后每次八十元好了 小孙很开心地 说谢谢 我说不客气 外面下雨了

你等雨停了再走吧

［后来］

小孙每周三过来 做事很认真 我觉得可能因为我对她不错吧 她还帮我洗了床单 铺新的床单 擦玻璃 （说实在的 我不清楚 哪些是阿姨应该做的 哪些不是她需要做的）

后来 我也习惯了她来家里 她打扫的时候 我就在家里 自己忙自己的

［重点来了…… 今天］

白天要去公司 改东西 走的时候小孙还在打扫 我说我要出门 你等下弄好了关门走就行 她说 对了 下周中秋 所以我周三不能来了 周二可以吗 我说没事

穿袜子的时候 她又过来说 我上次听你讲电话的时候说英语 你英语很好吗 我说 不错 怎么

她说 我还有另外两家清扫的 那两家都是老外 我想给他们留张条子说 下周周三不工作 改到这个周末 让我儿子（小学）给他们写了条子 你帮我看看 行不

我一看…… 不知所云

我说我来帮你写吧 我问她 那两个人叫什么名字 她说我不会拼 不过有名片 我一看名片 哇

×国 领事馆 上海 ××××

××英语教育 集团 董事长

当时 心里的独白 是 阿姨您真是见过世面的人啊 Mu是从哪里把你找来的呢

[2010年9月末 吾友]

很小的时候 我爸南跑北奔到处出差 一般时候 只有我和妈妈在家 妈妈又要上班又要持家很辛苦 不过后来她告诉我说 我很懂事 经常就一个人坐在收音机对面听故事 不吵也不哭 不让我坐床上我就不坐床上 不让我踩沙发我就不踩沙发 我到现在还能清晰地记得 那台建伍牌收音机的笨重模样 一套《哪吒闹海》的磁带反复听 一边听 一边上下调动 高低音的声响效果

现在想起来 哪吒可能是我的第一个朋友 他只是我一个人的朋友 我也只是他唯一的朋友 别人都看不到他 这多少让我觉得开心 哪吒和我一样都是男生 他面目清秀而又神通广

大 我总是在心里悄悄地和他说话 哪吒有点性急 可是我又是很散漫的性格 于是他经常催促我 但是我们从来没有吵过架 被大人带去海边的夏天 腋下套着汽车轮胎做的游泳圈 大人们在沙滩上打着扑克喝着啤酒 我一个人躺在海面上也不觉得寂寞 因为我在和哪吒讨论着云的形状 那时候年纪还小 还有很多事都记不清了 只知道 后来有那么一天哪吒就再也没有出现过 什么原因我也不得而知

后来爸爸职位调动 我们家也换了房子 搬去了四号楼 四号楼的外墙是一种脏脏的绿色 形式有点像上海这边的一些老旧楼房 每一层都有长长的走廊 我们家住在三楼左拐的第一个房间 毛毛哥哥家住在 三楼左拐顶头 他比我大两岁 我上小学一年级的时候他上 三年级 传说中他曾经从二楼的阳台上跳下去 结果也没怎样 于是他在我心里有些传奇色彩 后来我们俩成了好朋友 毛毛哥哥家不像我家 我家总是干干净净而又明亮的 东西都被我妈妈整理得规矩 他们家总是阴暗 还有点乱糟糟 但是这一点也不影响我对他家的向往 那里有老式卡带游戏机 漫画书 奇多飞盘 而且可以随意坐在床上 甚至干脆躺下来 经常在一起打游戏 魂斗罗 不知道他是怎么调出三十条命的 翻墙去干休所抓蛐蛐 每次我的蛐蛐和他的蛐蛐斗的时候都会被咬 也不知道为什么他的那只那么厉害 就算

我再怎么默默祈祷 运功也不行 记不清有一次我们俩为什么打架 后来有一天早上发现我家 奶箱里放着我借他的漫画 当时感觉天都塌下来了 难以形容地难过 一连几周我们都没讲话 可是后来还是和好如初 一起上学放学

初中的朋友叫 白鹤鸣 我一直觉得他名字好听 他从别的城市转学来我们班级 我们就成了好朋友 几乎变得形影不离 最后甚至我爸妈和他爸妈也成了好朋友 两家人一起出去玩 白鹤鸣的爸爸妈妈都会说日语 他长得也很有日本人的气质 每次遇到大人 打招呼的时候他都要鞠躬 让我觉得很有意思 记得两个人一起坐公交车去了很远的码头看海 迷了路 又在陌生街头兜兜转转 最后终于来到海边 结果不是想象中的大海 没有沙滩也没有一望无际的蔚蓝海面 到处都是 林立的礁石 海水不是蔚蓝的 远处有邮轮 我们爬上礁石 尽量避开石缝里面恶心人的水蟑螂 心中不免有所失望 回程的路上两个人都饿了 所有的钱都凑起来 才买了一个面包 分着吃 他们家后面的空地要建楼 地基打好以后 不知道什么原因就停工了 几场大雨过后 成了一个湖 我们用我们俩的名字给它命名为 白马湖 搜集了大大小小的泡沫 用铁丝串到一起 形成了一个巨大的泡沫筏 两个人在上面“划船” 结果不小心一起掉进水里 浑身都臭臭的 不过反而开心地笑出声音来 有一年寒假 他

胳膊摔骨折 他妈不让他出门 于是我就经常去他家看他 半路捡到一大块冰 就捧着去他家 外面冰天雪地 但是他只能待在家里 看到我捧了一块冰来 他很开心 我们在阳台把那块冰戳了一个洞 然后放了灯泡进去 一块暖暖的冰 那样子美极了 多少年后 看到外国设计师做的模拟冰块的灯 我一下子就想到了他 而我们的白马湖 也早就不在 变成了高档住宅区

大学时候的朋友是欧文 其实我们的性格迥异 他聪明 心思缜密 无论工作朋友方面都是游刃有余 而我却容易冲动 干什么都凭着感觉来 在陌生人面前又拘束 可是他却成了我最好的朋友 有的时候他逃课回大连 我就帮他点到 明明默默无闻的我 结果被 微积分老师揪出来 当着三个班级的面 用高音说 马亮你怎么喊 到 两次 你以为我不认识你吗 后来因为这件事我逼着他请我吃了一顿水煮肉 他很有经商的头脑 于是跟着他 大学期间我们俩去 沈阳师范大学卖过打口CD 又在辽宁大学做过雀巢的校园代理 结果没有赚太多钱 反倒听了很多法语 英语歌曲 吃了很多卡夫巧克力 一起打网球 上自习 回大连 我们彼此的朋友也成了对方的朋友 我们俩打算一起出国 后来的一个夏天 我认识了小四 去了趟上海 看到了小四 痕痕 阿亮他们几个年纪相仿的人 努力地实现梦想 回来的时候心里就长草了 我问他 我们要不要提前出国 别再等了 结

果因为种种原因 我就先去了墨尔本 一年后 他阴差阳错地去了阿德莱德 但是我们还是一直保持联系 一起在澳洲看澳网 Coldplay（酷玩乐队） 五月天 陈绮贞的演唱会 他现在有一份稳定的工作 同时也在买卖二手车 经常来墨尔本买便宜的二手车 然后 连夜 开十一个小时左右回阿德莱德卖 我很担心他的安全 他说 有的时候凌晨一两点 一个人在路上开车 旁边都是漆黑的 道路很窄只有前后两个方向 时不时地遇到对面开来的大货车 感觉就是迎面而来 每次开回去都觉得是捡了条命 我说 你不要这么拼命 他说赚钱要紧啊 而且有时也很享受晚上开车 想想生活中的事 都变得简单起来

怎么认识的小四 痕痕 阿亮 这个过程大概大家也都知道 这么多年 我一直觉得认识他们还是一件不真实的事 七年来 我们不算朝夕相处的朋友 甚至有的时候在一起 我那股发呆的劲儿上来还会有点尴尬 但是我还是经常忘记我们之间是同事甚至上下级的关系 仅仅把他们当作朋友 和痕痕讨论怎么做吃的 偶尔聊聊天 我喜欢她写的故事 她也会偶尔告诉我写作方面的不足 让我多看一些书 在阿亮面前我多少有些紧张 就好像回去初中时候看到班级里喜欢的女生的模样 我觉得她把少女和理智两个东西很好地结合 经常看着她 心里就会有太美了的感叹 反倒在老板小四面前我比较自在 他的知

识面经常让我惊讶 会说出很多有趣的事 在上海的时候我们经常见面吃饭 去了墨尔本他也会关心我在那里生活怎么样 我一直想不通 那么多的工作量 他是怎么应付过来的 今年他生日那天我们一起在三亚的游轮上 公司二十多个人都在 我们给他敬酒 后来大家都喝得有点醉 其间大家唱歌的唱歌 去甲板的去甲板 他把我叫到身边 我对他说 生日快乐 他笑着和我干杯 说 钱可以慢慢赚 感情伤了就伤了 以后无论你多红都要记着这个 友情是最重要的 后来他像没事人似的去甲板玩了 我知道他可能有点喝多了 想着他的话不禁有点难过 这么多年他看到的 承受的太多 很多事都看淡了 也变得成熟 心里想着 无论以后怎样都要跟着他 维护他 尊重他

很早以前 王菲还没和谢霆锋交朋友 没嫁给“一号立井” 她唱 “天上人间 如果真值得歌颂 也是因为有你 才会变得闹哄哄” 这让我想起来我和 我的那群朋友 一路走来 有你真好

[2010年10月1日　你不要当LED（发光二极管）灯 要照亮我的同时 还要温暖我]

回到家里 爸爸妈妈都很开心 我爸在大院门口 别人一问

他就说 我在等我儿子

妈妈下班以后 坐公共汽车去市场买菜 晚上炖我最喜欢吃的白菜豆腐 一大早又起来包 包子

昨天晚饭以后 我爸爸出去散步了 我妈妈说带我去 姚老师家坐一坐 他们是我家之前住四号楼时候的邻居 我们下楼梯的时候 我妈在前面走 我在后面 车库的楼道没有感应灯 我踩到一个塑料瓶子差点摔倒 我妈回头过来 我说 没事 塑料瓶子 然后我继续下楼

结果我妈 又走过我 上了楼梯把那个瓶子捡了起来 当时我有点惭愧 觉得我妈素质好高

结果我妈一边捡一边说 你爸二呼呼的 晚上回来肯定踩着

我把瓶子扔了以后 心里有点感动 爸爸和妈妈这么多年过来 从开始爸爸追妈妈 到妈妈随爸爸去部队 后来来大连发展 遇到困难的时候 感到快乐的时候 一直在一起

人生能有彼此 真好

下个月出的新书 要送给妈妈

[2010年10月15日 橙色岁月]

To 亲爱的豆友们：

几个月前

有朋友留言说 安东尼 你长大了

看的时候 情不自禁地 在 电脑这头 认真地点头

《这些都是你给我的爱》的创作 是一次尝试 它的初衷是 帮助Echo 完成一个心愿 让我们万万没有想到的是 短短几个月时间 加印了 十几万册 多少有被shock（震惊）到 公司的人都来祝贺 在这里谢谢大家 厚爱

绘本的创作过程 有点力不从心 也因为时间的仓促留下很多遗憾 那些喜欢它的人 也许我们都曾走过 或者 正在走着相同的路 所以知己知彼 找到了 感动的时刻 那些 不喜欢它的 说没有第一本好的 我也可以理解 因为故事有一些缺点

想 好好地写 《陪安东尼度过漫长岁月》

今年会出 另外一本 《陪II》 叫作 《橙》 现在设想的

是《陪安东尼度过漫长岁月》会一直写下去 几年写一本 每本的副标题 是一个 颜色 装帧的时候 就用对应的色彩的封面简洁设计 统一的格式

企划定下来 以后 就来这里和 大家报告下

心里想 也许就这样 一本本地 就把人生整个 记录下来了 想象着 将来书架上 一排 彩虹一样的 颜色 觉得很充实

从今以后 彼此陪伴吧

[2010年10月17日 火车 / 火车站]

Railway station: terminal where trains load or unload passengers or goods.（火车站:火车装卸旅客或货物的终点站。）

一切的一切都是从海洋开始的 这个是一个非常宏观的说法 如果你刚刚来到一个城市 甚至国度 那么一切的一切都是从 车站开始的 Train Stn Metro Stn（火车站 地铁站） 一号线 二号线 Zone1 Zone2 这样被设计好的交错网络 加上时间地点人物 就会一点点构架出你的生活

如果火车站 有人格 那么他一定不如飞机场那么开朗 每一次我去机场 都觉得整个人开朗了起来 可以非常轻松地迈开大步 骄傲的表情似乎一切都能放下 火车站 地铁站就不一样 明明也是 时刻表 地图 来来去去的人 便利店 报纸摊 却比飞机场多了一丝伤感的情怀

飞机场像是你身边那个谈笑风生的朋友 总会逗你开心 但是你和他却一直不贴心 顶多算是个玩伴 火车站 地铁站是安静的那个 他很好说话安安静静 不动声色 甚至有时候眉目紧缩让你觉得忧伤 不过你却觉得和他亲近 知道他会一直在那里

刚去墨尔本的时候 媛子带我去买火车票 当时墨尔本的火车 电车 公交车是属于一家公司的 所以一张票可以同时乘坐这三种交通工具 墨尔本的车票有各种各样的套餐 比如十次两小时的 五个全日的 周日特价的 同时又分成靠近city范围的一区的票 和更远一些的二区的票 我当时每天都要上语言学校 所以买了月票 每个月大概一千元人民币 这三种交通工具可以不限次地乘坐 当时拿着那一张名片感觉的车票心里嘀咕着 好贵哦 当时和我一起合租的 一个女生买的十次的票 可上可不上的课她就待在家里 有的时候我在家里不出门

她就过来借我的车票用

墨尔本最有名的火车站是 联邦广场对面的 Flinders Station（弗林德斯车站） 金黄色的L字形状 向上方和右边伸展 大气而古典 火车站里的广告不是电子屏幕 而是滚动式的 有种很old fashion（古典）的感觉 相比之下日本东京和上海的广告就更现代 人民广场站的广告 干脆就一条电子屏幕顺着电梯从 楼下一直带到楼上 上海地铁站里 也有很多电子屏幕 左边播放新闻 右边显示下一辆车来的时间 上海的地铁很靠谱 进站的时间很准确 两辆车之间的间距也不大 相比之下墨尔本的火车就有点让人吃不消了 火车晚点是经常的事 有的时候还会在火车进站十分钟前 忽然广播说 对不起 火车会停靠在另外一个站台 让乘客去另外一边等车 往往广播播放完这样类似的消息后 站台上的人 就会无奈地看看表 或者自言自语地骂几句

关于火车站的回忆 有几个清楚的画面

比如刚出国的时候 觉得身边没人能听懂我讲的中文 总是大胆地在车上议论别人或者大声地说着高尺度的东西 有一次我和那鬼一起坐火车 车里满满地挤着人 我身边都是老

外 还有一个越南人样子的大叔 我就肆无忌惮地和那鬼用中文调侃起来 我说你看你那个脸油得跟什么似的 我说我给你那个洗面奶你到底用没用啊 那鬼看了我一眼说 我不想被你这个早上都不洗脸的人教训 我说老子天生丽质 不洗脸皮肤照样好 说到这里的时候 旁边那个大叔扑哧一下 乐了出来

打工回家的晚上 因为加班原因很可能就错过最后一班列车 于是下班以后衣服也来不及换 撒腿就往车站跑 跑下一层层的阶梯的同时在书包里翻找车票 一直到在火车里坐下来 整个人才放松起来 开始觉得累和困

冬天的晚上你加班到很晚 我精心准备了菜谱想给你做一顿晚餐 寒冷的夜里 走了很远的路 买了两瓶红酒和 需要的食材以及能想到的 你需要的生活用品 一个人在车站等车 双手插到大衣口袋里 耳朵是凉的 呼吸的时候 面前有白色雾气 收到你的消息 你说亲爱的 我到家了 我回复说 火车晚点了 下一班火车要等半小时 你回复说 你可以坐×××线在××××下车 离家里也很近 你过来接我

下车的时候 看到你 站台上方等间距的黄灯为你晕染出一片温馨的天地 多少年以后 我一直能记住当时的情景 你在站台上温柔地看着我 一脸笑意

[2010年11月13日 吃牛排 四分熟]

大概也只有在 宿醉的清晨才能 写出来要说的话吧 其实新书出版以后 看了那么多书评 我一直想说点什么的 不过又不知如何开口

《陪I》出版以后 有那么 很长一阵子会跟自己说 以后再也不会出书了吧 后来有了《陪II》

现在《陪II》 出了 我又有一种感觉 以后应该不会继续出了吧 最近公司这边有很多稿子我都一直拖着没写 不知道怎么动笔 昨天去一个芝加哥的饭店opening party（开幕式晚会） 拿到的请柬上写着 Mr.Anthony / Writer 我就笑了 心想 我哪是作家啊

有的时候我不知道如何是好 其实我现在是有负担的 不是担心书卖得不好 而是担心我没你们想的那么好怎么办 以后不再"温暖"了怎么办 以后如果做了错的事怎么办 这么多人都在看着我呢

也不清楚为什么 就感觉够了 感觉钱也赚够了 读者给予的肯定也够了 够有名了 什么什么的 不过又一想 写《陪》也不是为了这些的 写《陪》只是因为想写而已 不是为了陪别人 不是为了找人陪 就是单纯的 想写而已 想到这里就觉得

以后说不定还会写下去

还是那句话 谢谢大家啦

[2011年1月月初 饭店]

A bistro: is a small, casual eating establishment known for serving hearty, simple fare along with wine. Bistros originated in France and the United States has adapted the idea. An American bistro is likely to have not only French food, but basic filling foods inspired from other cuisines such as Asian and Italian.

（小酒馆:是一种小型、休闲的饮食场所，以供应丰盛、简单的食物和葡萄酒而闻名。Bistro起源于法国，并在美国得到了改良。美国的小酒馆可能不仅有法国菜，还有从亚洲和意大利等其他菜系中获得灵感的基础配料。）

我爸后来告诉我说 我小的时候不爱说话又害羞 他很担心 于是为了让我见世面 锻炼 有机会的话他就会带我去他的饭局 小时候对饭店没什么印象 可能多少有些抵触 印象里饭桌上总是在大声说话 互相敬酒 叫了一盘盘菜很多都吃不了

后来刚去墨尔本的时候 几乎天天中午都吃麦当劳 因为便宜 吃了一个多月就惊讶地发现原来麦当劳也是能吃够的 后来一想到汉堡就恶心 于是转战中国饭店的套餐 价格和麦当劳差不多 六十元左右 非常油腻 是特有的中国菜在外国的味道 至于晚餐一般都是下班以后在家里做 三个室友一起吃 经常炒的菜是 西红柿鸡蛋 肉丝蒜毫 红烧肉大白菜 冬瓜汤

再后来开始打工 当厨师 写专栏 自己有了点钱 就慢慢开始出去吃 如果去澳洲的比较好的饭店的话 加上葡萄酒人均消费大概在 五百元 印象最深的几个里 有赌场crown（皇冠）里的自助餐 那时候我们几个朋友刚刚找到工作 干了一周以后有一天晚上 九点下班 我说服另外几个人 一起去那里吃饭 几个人刚搬完集装箱 身上都脏兮兮的 和一旁的环境形成鲜明对比 但是几个人都吃得很饱很开心 整点的时候 外面沿河的灯柱上 依次冒出翻滚的火焰 即使隔着街和玻璃 在饭店里也能感受到那个温度

后来认识了你 有一天你忽然说 晚上带我去吃一顿好的 我问什么地方 你说Bistro Flor（餐厅名）晚上我们两个人去那里

Bistro Flor 距离city大概十五分钟车程 不是很大的饭店 在沿街拐角 它的门是大红色的 门对面有一个很大的红色post box（信箱） 落地窗 藤蔓爬了一墙

我们在靠窗边的地方坐下来 老板高而瘦 他和我们打招呼 然后递上菜单 外国的菜单不像中国饭店这样正式 好像一本书一样 通常就是一张纸 点心 前菜 主菜 甜点大概每样有四五种选择 我们点餐以后老板上来了雪莉酒

饭店里没几个人 灯光 音乐外面的街景一切都恰到好处

我问你 Bistro Flor 是什么意思 你说 bistro 就是小酒店 饭店的意思 没有那么正规严肃 flor 你不知道什么意思 于是我们俩用手机Google（谷歌） 原来在西班牙语里flor是花的意思 也有红酒上的发酵物的含义

后来我们点的菜上来了 前菜我要的炸南瓜花山羊起司这道菜我之前从来没有吃过 几乎每一口都触动味蕾 舍不得吃完 后来两个人喝了两瓶酒 多少有点醉意 只好走路回去 路过你家的火车站 看到站牌上写着Merri 我们俩就笑了 我说这算不算是暗示呢 你笑说maybe（可能吧） 我说我们以后如果结婚就应该去Bistro Flor 你说好呀 一路牵手回到你家里 那天晚上 胃里面暖暖的 不知道是红酒还是美食 还是恋爱的感觉

脑子里一直想着Bistro Flor 回国之前和我官邸的老板娘

说 我想开店的计划 老板娘告诉我说 傻孩子 开店哪有那么容易 你还这么年轻 不要给自己套上这个担子 你就给别人打工 一下班什么都不用担心多好 开店什么的 四十多岁以后再考虑吧

可是回到上海以后 我还是准备开店了 用了我们两个人的名字给它命名 六十平方米的弄堂里 分出来十几平方米的空间自己住 剩下的空间开饭店 朋友们给了很多帮助 Tom帮我做了很多设计 Mu Echo Tiago也给了我很多装修上的意见 十二月底慧巢装饰那边的团队接到了新的案子 因为他们前期非常配合 结果我也满意所以就答应他们一些零散的工作我来做

在家具搬进来的前一天 蹲在地上给地板打蜡 心里对bistro 有模糊的概念渐渐清晰 希望是一个温暖的地方 不是很贵 家人 朋友 恋人可以在这里吃得舒服

就好像我那天吃过的Bistro Flor 无论过了多久 走了多远 都能记着那种踏实 幸福的感觉

[2011年2月月末 是我的海]

Ocean：is a major body of saline water, and a principal component of the hydrosphere. Approximately 71% of the earth's surface is covered by ocean. More than half of this area is over meters deep. Life within the ocean evolved 3 billion years prior to life on land.

（海洋:主体为咸水，是水圈的主要组成部分。地球表面大约有71%被海洋覆盖。超过一半的区域有数米深。海洋生物比陆地生物早进化了30亿年。）

和公司一起去香港参加国际书展 我们的酒店被订在有各大商城环绕的尖沙咀 图书博览会在维多利亚港对面的湾仔 早上从酒店出来问门童怎么去书展 他说可以打车也可以坐 星港小轮 我赶时间所以打算打车 结果那个男生用别扭的普通话对我说 你坐船比较快 而且 打车要一百六十港币 坐船就两块五

和一群人站在简陋的房间里等船 没多久就可以上船了 船上的座位好像是大学教室的样子一列排开 可能和之前看过的书和电影有关 每次坐船的时候 我都想到移民 船快要靠岸的时候 忽然下起雨 我坐在靠窗的位置 雨水把海天连成一片

我出生以后不到一岁的时候 爸爸妈妈就从部队带我回大连安家 大连是海滨城市 所以我对海有特殊的情感 记得很小的时候 我爸单位组织去海边玩 那个地方叫夏家河子 我套着一个黑色的轮胎内芯在海上漂着 爸爸和他的同事在游泳以后回到岸上打扑克 我一个人在海里待得没劲 于是摘下遮阳帽 放到海里 开始跟着海里的鱼群跑 试图抓住一只 不知不觉越走越远 远到已经看不到我爸了 后来 我在沿海岸线很远的地方停下来 没等多久 就听见我爸还有他们公司叔叔 声嘶力竭叫我名字的声音 我来到岸上 我爸看到我 他的脸紧张得变了颜色 可能是从那一刻开始 我才对海有了一丝敬畏与恐惧

记得初中毕业的时候 和班级里的朋友一起去大黑石游泳 傍晚的时候没有冲洗就直接套上外裤回家 一个多小时的车程和朋友们挤在大客车的最后一排 汗毛上结成了白色的盐粒 裤子穿得不舒服 加上汽车颠簸 尴尬地用书包盖住轻微的勃起 生怕被别人看出来 于是眼睛看着窗外

高中的时候谈恋爱 和喜欢的人在冬天分手 也没吵架 就觉得要散了 但是心里难受觉得没有出口 跑到星海广场的海边 冬天的海是灰色的它没有什么大风大浪 平静得好像一幅油画 我站在海边不知道要干什么好 用手在沙滩上写两个人

的名字 然后涂掉继续写我们的名字 再涂掉 海边除了我一个人也没有 后来平躺在还有点潮湿的沙滩上 天空填满了眼睛 耳边传来海浪不厌其烦周而复始的潮汐声音 心里想着 我再也不会喜欢你了 再也不会喜欢你了

第一次去墨尔本的海边是我去澳洲一个月以后的生日 生日那天我师傅媛子忽然对我说 要么晚上我们去海边好了 买个蛋糕 我说好呀 于是下课以后 媛子 那那 嫣 Zell 可心 还有我 我们几个一起去海边 他们凑钱给我买了生日蛋糕 那那捧着 去海边的火车里只有我们几个人 于是大家互相拍照 在火车车厢里摆出奇怪的姿势 火车到了靠近海边的车站 我们兴奋地跑下车 Zell 可心 还有我都是第一次来澳洲的海边 没走多久就闻到了海的气味 去海边的路上看到很多的豪宅 能看到里面的超大液晶电视 院子里的植物修剪得整齐 里面停着高级轿车 可心说什么时候我们能买得起这样的房子啊 我说 你看那边的大落地窗 也太爽了吧 在家就能看到大海 这边的房子一定超贵的 我们可能一辈子也买不起 那那说 那不一定 等以后我们都有钱了 就搬来这里住 过了大路 没有多远路灯照耀明亮的地方就是海了 大家按捺不住开始跑了起来 木头搭建的甲板一直延伸到海里 站在上面 借着路灯的照射 可以清楚地看到海底 我们把蛋糕放到堤岸上 脱了鞋子在沙滩

上跑 沙滩很干爽 一粒粒的 踩上去舒服极了 大家开始拍照 我坐在堤岸上看着他们三三两两地跑来跑去 看着这美丽清澈的海 心里想着 它的那一边是不是连着我的祖国 是不是连着大连的海 后来我们在海边点起了蜡烛 当时许了什么愿望现在忘记了 几个人都饿了 三下五除二地把生日蛋糕吃了个干净 媛子说我们来拍合照吧 她把相机放在垃圾桶上 于是我们五个初来澳洲留学的中国学生围在垃圾桶前 开心地笑 一脸质朴后面是夜色中的大海 后来每年过生日的时候 我们都会来这个海边 有些同学毕业去了悉尼 有些同学回国了 但是媛子 那那和我只要都在墨尔本就一定会想办法在生日这天来海边坐坐 海的味道和声音不变 那时候就又会想到刚刚来墨尔本的我们 心里怀着梦想相依为命的日子

我想 海一定是有特殊魔力的 很久以前人类还不会飞的时候 如果要去很远的地方就要在海上航行 然后发现了新的大陆 开始了新的生活 海洋孕育了生命 海边的城市美丽富饶但是科学家又预言说随着海平面上升 很多沿海城市会被淹没……这么想下去就会发现 即使一直生活在有海的城市 我也没有真正地理解海 能把它弄个清楚 但是 每当想到地球百分之七十一都是被海洋覆盖的时候 就会有一种 豁然开朗的感觉

每一处的海 都是我的海 我坚信它们在某一处 汇入贯通 储存了很多我的情绪和过往 又默不作声

[2011年3月月初 三百六十五个夏天]

Summer：is the warmest of the four temperate seasons, between spring and autumn. At the summer solstice, the days are longest and the nights are shortest. Schools and universities typically have a summer break to take advantage of the warmer weather and longer days.

（夏季:是四个温带季节中最温暖的，在春季和秋季之间。夏至时，白天最长，夜晚最短。学校和大学通常会有暑假，以便度过更温热的天气和更长的白天。）

“如果可以选择什么时候死，你会选什么时候？”

“夏天。觉得舒服。”

“不怕会臭？”

“没事。死了以后直接烧了。找个采光好的地儿，随便撒一撒。”

小时候一到夏天就去农村姥爷家 那时候赵雅芝版本的

《新白娘子传奇》正在热播 看得我热血沸腾又觉得自己法力无边 当时我大概八岁的样子 表哥大概十五岁 傍晚的时候些许凉快了一些 他载着我顺着马场的山坡从上往下骑 表哥怕我掉下来 用绳子把我的腿绑在车架上 下坡的时候自行车越来越快 表哥手握车把 张开双脚 嘴里发出 喔 喔的声音 我双腿被绑在车上 脑子里想着白素贞 张开双臂 觉得自己在飞有风顺着脖子往后吹 汗水流过的地方变得非常凉爽 后来我们俩被姥爷看到 说我表哥胡来 把我们俩揪回家 还打了表哥屁股 我站在一边 双手合十背在后面偷偷地给他发功运气 给他保护膜

晚饭以后 把挂在墙上的蚊帐放下来 那蚊帐不像城里的是用纱做的 更像是布 又有一点脏 姥姥 姥爷 表哥和我躲在里面看电视 明明有窗纱 但是总有蛾子雨牛什么的钻进来 绕着灯泡飞 偶尔撞到灯泡上发出 叮咚的声响 关上灯 那声音就随着消失 姥爷摇着扇子和姥姥唠着村子里的事 我和表哥光膀子穿内裤躺在一起 我问他 疼吗 他说 还好 我笑了笑心想我就知道

后来上了高中 还没放暑假夏天就来了 每个教室屋顶有两台风扇 我一直觉得女生的校服不够安全 不经意地就能看到里面的文胸 其实现在想想也没什么 不知道当初自己怎么

那么害羞 男生们晚上在寝室洗漱间擦身 有些甚至脱光衣服大摇大摆走来走去 干脆把那里当成公共浴池 而我一直很龟毛的 不肯在寝室光膀子 至少要穿一件背心 穿校服也要扣到最上面的扣子

下课以后和同桌去学校后面的小卖部买冰棍儿 金州红豆 有一次可能因为冰棍儿太冰了 一舔 舌头粘上去 拿开的时候出了血 疼了很久 说起来疼 现在回忆起来似乎每年夏天都会受伤 膝盖上 胳膊上 有些时候破了口子 出了血自己都不知道 有的时候被蚊子叮咬过的地方起了很大的包 一直痒 家里不让碰 可是经常晚上睡觉 不知不觉就 抓破了 ……不过夏天的时候伤口很快就愈合

大学以后变得默默无闻 默默无闻地上课 成绩不上不下 连恋爱也是不冷不热 主要靠想 没有什么具体的行动 有几个亲近的朋友 几乎不认识别的班的人 那个时候在辽宁大学 沈阳郊区的校区 刚刚学会骑自行车 夏天天气炎热干燥 趁着周末就把被单床罩脏衣服什么的 装进书包骑车去皇姑区的二舅家过周末 顺便改善生活 骑车要一个半小时才能到那里 顶着太阳骑一趟就晒黑了 书包盖住的后背全部湿透 会路过一个医院附近的广场 广场中心是一个 毛主席挥手的高大的铜色塑像 每次路过那里 我也会和他招招手 二舅妈做菜不怎么

好吃 但是每次去她都很热情 我总能记得 表弟去补习功课 二舅加班没回来的下午 二舅妈一人在厨房忙碌着做菜的样子 偶尔一次她做青椒炒肉 我说好吃 从那以后的两年在沈阳度过的时光 只要在二舅家吃饭 十有八九有那道菜

在墨尔本住了四五年 又看到不一样的夏天 其实不管是什么季节 我总是有一些夏天的感觉 后来认识了一些新的朋友 工作的同事 谈了恋爱 出了三本书 回去了上海 正好赶上夏天 于是又认识了些朋友 被人喜欢喜欢别人

2011年2月又回到墨尔本接着过夏天 从机场出来 太阳就把我晒得暖暖的 我和来接机的小野说 好热啊 我里面还穿的秋裤呢 他笑 下午在Echo家安顿下来等你 你发消息给我说 马上就到了 我一边收拾行李 一边每隔几分钟就去阳台看看 道路两旁的树因为今年雨水充沛而越发茂密 总觉得会错过你 刚想发消息给你 你就发来短信说 我到楼下了 急忙换了件T恤 跑到门口的时候 又跑回去换了件T恤 开门的时候你正在门口 离去年见你正好三百六十五天 一年的时间 你就站在那里 拿着香槟面带微笑 你说 嗨 时间似乎走了一圈 一圈以后在这样一个夏天的下午终于找到了出口 归位重合 我握住你的手 一切都像第一次见面时候的样子 似乎连秒针都一下也

没走

回来的第三天天气很好 Thomas的妈妈叫我们一起过去吃饭 姐姐 妹妹 妹妹男友 一大家人都一起吃午餐 我很害羞没有怎么多讲话 但是大家都很热情 吃饭以后Julie 说什么也不让我洗碗 于是我就走去院子里 院子里有一个很大的跳床 Thomas Laura Pip 坐在上面有一句没一句地聊天 三岁的小外甥Jimmy在他们之间跳来跳去 我也爬上去 躺在Thomas身边 跳床被Jimmy弄得一上一下的 躺起来反倒很舒服 天边有一绺一绺的云 阳光毫不吝啬地洒下来 闭上眼睛 似乎又看到很多的夏天 光着脚在不知哪里的水泥路面走 手里钥匙环敲打冰镇啤酒的 声音 一下又一下的 控制不住的 嘴角就上扬起来

[2011年3月中旬 时差]

Time：Ray Cummings, an early writer of science fiction, wrote in 1922, "Time...is what keeps everything from happening at once."

（时间：雷·卡明斯，一位早期的科幻作家在1922年写道：“时间……是阻止一切同时发生的东西。”）

“大家都睡了我还在
大家醒了我就睡了
因为我不在东八区
或者我的生物钟不在东八区”

我一直在想时差这个东西 即使工作在一个办公室 睡在一张床上的两个人也会有时差吧 工作进度的快慢会有差别 恋人抱着看电影 看着看着可能其中有一个人就想睡了 不过收拾东西准备下班的时间是一样的 早上浑浑噩噩被闹钟吵醒的时间是没有差的

我的反应比较慢 看演唱会都是安可之后才兴奋 看恐怖片都是睡觉的时候才害怕 在一起的时候没有什么 分开以后才知道自己爱过 甚至和朋友一起食物中毒 朋友当天晚上就吐得不行 我睡了一晚上 第二天一早才开始拉肚子

后来我这种天生的时差感 又因为离开了生我养我的东八区而乱得一塌糊涂 没有真实的感觉

你抱怨说 每次你靠近我之前 都会停顿下 摆出很认真严肃的表情

我说 因为我在调整情绪

结果被你说 傻 可是过了一会儿 你又说 也许你在调整时差

Simy同学很经典 刚去米兰的时候 她写blog说 有一阵子很奇怪 周五周六的时候 一到下午两三点钟就异常清醒 又极度开心得想喝酒 又有点无所适从的失落 我说你哪来那么多乱七八糟的感受一起涌上心头 她说 对啊 开始我也纳闷 后来有一天下午三点多打电话给S S那边声音嘈杂 歌舞升平的样子说 我们在外面喝酒啊你在干吗 这时候 Simy同学顿悟 原来她那些 莫名其妙的感触都是因为 生物钟还停留在北京时间的 party time（派对时间）

墨尔本和国内的时差其实没差很多 即使夏令时时候 也就才三小时的时差 不过因为季节相反的缘故 还是经常出现这边已经是寒冷的深夜 那边还是温暖明媚的夏日这种 戏剧化的差别 如果单算这三小时的时差的话 那么差别也不是很大 顶多 就是要设定闹钟 凌晨三点才能给国内的朋友发生日祝福的短信 即使澳洲这边已经下班吃了晚饭 如果抓点紧还是能按时完成专栏 下班前交给编辑得到表扬 或者比如哪天心情莫名其妙的好 突然早起 那么上网就能趁着国内还没日出大家还在被窝 占几个沙发 趁着清净写条微博 隔个半小时再刷新 还在那一页

最近和Echo 在写一个商业企划 有的时候没事我就上街溜达 在city（市区）走 经常能看到新来的留学生 穿戴举止神态 一眼就能看出是新来的 当时就觉得自己已经变成老鸟了 那时候天天和班里几个中国学生混在一起 中午就去吃中国炒饭 放学拎着个饭盒坐着公交车去工作 一个小时十澳元的工作干得屁颠屁颠的 现在十澳元一小时的工作 无论如何也不会做了 那样的牛仔裤和外套也不会穿了 前几天和Echo出去喝咖啡 刚交了钱 忽然跑过来一个女生 用英文问我是不是 写书的安东尼 我一下子有点不好意思 说是 然后她跑出去过了一会儿又跑回来 拿着手机要和我合影 当时在咖啡店里我就非常尴尬地说好 那女生合影以后 说了句谢谢走开了 我和Echo坐下来以后 感觉不对 于是跑出去 看到那女生和她朋友在蛋糕店买东西 我走上去说 刚才我是不是有点冷淡？对不起 一下子被认出来 感觉不好意思 嗯 谢谢你 那女生很开心地笑说 我懂的 我很喜欢你的书 你的三本书我都有买 后来我们又一起在cup cake（纸杯蛋糕）店前合影 老外在我们身边走过 有的转过头来看 也不清楚我们在干什么 吃了很多西餐 可是在city里走啊走 肚子饿了 还是会不知不觉地 走到饺子店要盘饺子 这个时候就觉得 不过是过了四五年 怎么就变成了墨尔本的老鸟 还是那个东八区来的小伙子啊

生理上的时差除了 时间机器（我相信是有的） 只有飞机那样的速度才能给我们带来 短时间内穿过几个时区 国家甚至穿梭几个 寒暖流 于是白天困又睡不好 晚上没事做该睡了 又清醒得跟什么似的 不过这生理上的时差倒一倒就好了 关键是感观上的时差

你说 大连一个生活圈子 上海一个生活圈子 墨尔本又有一个生活圈子 时差也是一会儿两小时 一会儿三小时 季节也是冬天夏天混着过 有的时候我会想 那种出生在一个小城 在那里读书工作 谈恋爱 生孩子 这样稳定的生活我应该是过不上了

不过 也许我的生活就像那三个环的数字密码锁 三个都在转 但是只要你调对了数字 咔嚓一下 那锁就开了

[2011年4月11日 谢谢大家 辛苦了]

这么多年了 一直被你们支持着 想说 你们也很辛苦吧

回来澳洲以后就没工作 开始和Echo 准备新的绘本的东西 给老板娘打电话 结果她说官邸最近有一个 福特新车上市的活动 非常忙 说我走了以后官邸也没请新的厨师 就大厨淘

尼一个人 问我能不能回去帮忙 说给我在楼上开一个房间 于是我就回去了 工作了两周 累到趴下 ……这期间T 坐V/line（指维多利亚洲公共交通服务） 来看我 晚上和老板娘一起吃了饭 觉得很幸福又不真实 生日也是在官邸过的

昨天从官邸回来 看到生日时候的活动 大家的祝福 举手的照片 感动得不知道如何是好 这么多年了 因为我自己的原因 一次也没有签售过 不能当面谢谢大家

于是心血来潮地想 要一个个地把所有举手的照片一一回复 尽可能地搜到微博上的图 又来豆瓣举手活动回复 三百多张照片蹲在椅子上一个个留言 网速慢得可以 后来脚麻了几乎爬着去上厕所……可是后来豆瓣不争气 回复到一半的时候 开始要求我认证 输入认证码以后 它刷新一下 又让我输入 然后就放弃了 不过所有的照片都看到了 祝福也收到

其实有的时候我在想 四五年 这么长的时间 当初喜欢我的书的大学生也都工作了 当初喜欢我的初中生 也都上大学了 可是感觉自己和几年前刚来墨尔本的时候也没什么变化

会想 你们可能会觉得我的文字幼稚了吧 也会想 自己没

有什么好告诉你们的了 没有什么好教的了 你们应该把钱和时间省下来去读更好的书 更有用的书

可能也是因为这个原因吧 《橙》出了以后 我都没怎么写东西了 新绘本的创作也进入了瓶颈期 感觉怎么都不够好不过 一定会努力的 至少要做出来让 自己相信的东西

好久不见了 朋友们 接下来的日子要 好好活 多看书

如果觉得 不再喜欢“安东尼”了 或者 觉得可有可无了也没啥

这四五年里 互相陪伴的时间 谢谢你们了 非常感谢

接下来的日子还是会 好好做饭 好好写东西

生活应该不会有什么大的变化

另 不再期待 2012了

[2011年5月6日 在河边光脚走]

日本地震的时候 第一时间从微博看到的消息 后来几天澳洲这边的媒体 报纸 杂志 电视 广播几乎天天都在报道日本那边的情况 核泄漏的信息 日本人的状况 坚忍态度 与在日澳人的情况和 澳洲政府采取的措施

我在YouTube（视频网站）上看视频 海水变成黑色 形成巨大潮涌 吞没岸堤 一切那么轻而易举又 犹如灾难片一样的不真实感 后来又看了很多的图 悲伤失落的面孔 不知所措的表情 更多的是日子总要过下去的一种态度

要说的是 其中一个视频 日本机场 满是外国人 大家拿着各种颜色徽章的护照排队登机 拿着大大的行李 打着手机 电视台在采访 有个欧洲人说 太可怕了 觉得很难过 有个亚洲人说 终于拿到了机票 还有个外国人说 来这里五年了 现在只好走了……

我 是完全理解他们的心情的 但是同时 又会想 就这样一个个地离开了吗 当初来这个国家的时候 不是因为真真正正喜欢这个地方吗 一点点地融入这个社会 文化 圈子 坐地铁吃面 好吃的汉堡 便利店 然后认识当地的朋友 也许谈恋爱

为工作而烦恼…… 有的时候已经感觉是这个国家的一部分了

但是很多外国人在灾难降临的时候就离开了 留下朋友同事们在这里受苦 ……我想如果墨尔本发生了类似的情况我也会回国的 ……还是想活啊 再说 我家里人 国内的朋友也都不能接受我继续待在这里的 但总觉得 我走了以后 应该没脸回来了 我把类似的想法告诉了一个身在国外的朋友

他说

“不过人类本来就是自私的啦，活着是什么，不就是每天都在计算着数字吗？今天赶上了地铁，不用搭乘计程车，节约了七百元。

“今天排队花了三十分钟，买了一条价值八万元的项链给约会的女朋友，体重下降了多少公斤什么的，什么赚了赔了，这些都是数字计算。

“不管如何被命运绑到一起的两个人，因为一点点小事就能解开，何况是更加没有实感的国家这种东西。”

是这样吗 难道只是 安东尼在墨尔本 而不是 墨尔本的安东尼吗

[2011年8月11日 是你太过诚实 还是只是残忍]

这次回来上海两个月 感觉一晃就过去了 还有一周就回去墨尔本了除去最小说的 吾友 很久都没有写东西

认识了一些很好的朋友 肖仙人 新西兰旅游局的Echo 小丹麦乔纳斯 和健身教练Erry锻炼身体 和教练小文打网球

其间去了一次香港 很多喜欢的牌子都半价 于是终于买了觊觎已久的Burberry（巴宝莉）风衣 Tom Ford（汤姆・福特） 的西装也半价 试了一下袖子有点短 但是大脑发热觉得不买对不起妈 反复试 还是短 服务员说 你把袖子撸上去穿啊 你看肩都是正好的 你胳膊长 我朋友看不下去了 把我拽回酒店 让我平躺一下 后来醒来就放弃了买西服这个念头

再回来没几天 去亮亮家玩Wii（任天堂家用游戏机） 后来陈晨也来了 我们玩赛车 明明我开得比陈晨好 但是每次到关键时刻我就被道具困住 然后他就一直赢

公司在八月的时候有签售和五周年典礼 网上有一些读者说买到了票 签售见 本来签售安排人员的时候 我是说不签售的 因为一方面不好意思 另一方面觉得没必要 但是想到我

的一些读者都在北京了 干脆就和公司作者一起参加签售好了 于是就和长江以及公司的人说了我的想法 后来就说签了

结果没想到 公司各种宣传 弄得本来不想来北京的读者也要来了 看到还要坐火车什么的 觉得很心累 很麻烦大家 但是又不能和公司反悔 那阵子的口头禅就是 压力大 北京签售之前就睡不着 本来十点就上床了 想说明天拉出来见人 千万不能黑眼圈加倦容 结果翻来覆去睡不着 半夜只好起来去吃东西喝酒 喝了一瓶梅酒吃了烧烤 凌晨一点回家 开门一进去就看到一只大花猫 它在厅里直勾勾地看着我 我一看纱窗知道这家伙一定是跳了玻璃 又撕破了纱窗进来的 我去开门想说把它赶出去 结果我一动它就抓狂了 钻进窗帘拼了命地往纱窗上爬 但是进来容易出去难 怎么也钻不出去 我来回地拉窗帘想给它弄下来 结果它卡在那里 露一个脑袋在窗帘挂钩外面 身子在里面 吓得我赶快爬上窗子 按着它的脑袋 它掉下来以后 恢复了理智 顺着门出去了 家里一地猫毛 我修好了窗纱清理了猫毛 看了一会儿漫画又剪了指甲 终于困了 一进房间就觉得不好 一股臊味 上床一看 果然 洁白的床罩上 椅子面那么大的黄色尿渍 我呆滞了一分钟 什么都没做 然后拿出手机打给朋友 凌晨两点多 朋友说来吧 朋友也是个妖孽 去了他家两个人看了集*Sex and the City*（《欲望都市》） 朋友饿

开始吃面 最后两个人四点睡了 早上六点不到就起来坐高铁

状态十分不好 不过在车上落落问我紧张吗 我说不紧张但是有点兴奋 下午本来想穿华丽一点的Vivian Westwood（维维安·韦斯特伍德）的衣服 后来一想见大家就穿平时的样子好了 所以换了polo衫 和公司的大家都坐下来 然后就开始签售了 工作人员一次次跑过来说不能拍照 不能写其他只能签名 否则半夜也签不完 我不停地签着名字 心里想着像《夏目友人帐》一样把我的名字留给了 一个个喜欢我的书的人 排队等了很久的人 签的时候心里也不好受 有几个读者一上来就要哭了 有些读者一直和我说着谢谢 我心里感动 又来不及表达 只能争取尽量都能与每个人对视一下 问好 衷心地说句辛苦了 我心里不好受想说以后再也不签售了 让大家这么辛苦 又想 能像香港书展那样就好了 听说作者可以和读者聊天 关于书的东西 生活上的事 我和Echo 给大家设计印刷了明信片 当时想读者这么辛苦来 希望回家的时候也能带走一点我们的心意 签售结束已经凌晨了 忽然下起暴雨 心里一直担心刚才来的那些读者怎么回家 手里还拿了那么多书

回去就写了 领奖时候要说的话 第二天 颁奖 坐大巴回去的时候 很多读者都在外面等着 上了大巴就向外面招手 看到

下边有人哭 大家都在招手 当时不知道咋了 忽然就控制不住在车上 嗷嗷地哭 公司的人都转过来看我 说不好为什么 当时就是控制不住

前几天看到 孙燕姿对她的歌迷说 我不配你们这么喜欢我 当时我觉得说出了心里话

还有一周回去墨尔本 做绘本 漫画 还有和Echo成立了公司做一些产品

对豆瓣一直有私心 回去以后定期写日志 《陪III》写起来

大家晚安

[2011年8月15日 睡不着的清晨]

I have crossed ocean of time to find you.（我跨越时间的海洋来找你。）

[2011年8月16日 小熊 猫 兔子 兔子 熊 猫 熊]

在浦东机场等待登机 刚刚去洗手间 洗手的时候从镜子

里看到疲惫的自己 觉得累了 很想躺下来休息 如果一醒来发现在“昨天”的话 很可能做一些新的选择

心里仍有留恋也有对新生活的期许 晚上四点朋友来消息说 我一定很想你 早点回来 不知道怎么回复他 就又睡了过去 早上起来给家里汇款 还有借给朋友的钱 匆匆忙忙也不知道是否如数到账 去机场的路上 给朋友回复信息说 I will miss you like a darling.（我会像亲爱的一样想念你。）

到机场妈妈来电话 说我又走了她觉得难过 她说你那么单薄 拿着那么多行李跑来跑去 妈妈觉得你不容易 现在就要上飞机了 这次想在那里安营扎寨 塌心地生活 不想走了

[2011年9月6日 我们去睡觉吧]

亲爱的不二 有没有时候 没有缘由的你就想翩翩起舞 / 我今天喝塔斯马尼亚的啤酒 James Boag（詹姆士・博格） 喝出了蜂蜜味道

[2011年9月9日 我们分手了]

正好在网上看到疯狂传播的一条微博 在你想要放弃的

时候 想想当初为什么坚持

我想 当初坚持走到这里 因为当初相信 现在不是坚持不住 只是不信了

其实我还是喜欢你 非常喜欢 早上起来满脑子都是你 我也知道你喜欢我 对我好 但是这不够 只是喜欢还不够 你一定要确定是我 否则以后那么久的岁月我们要如何度过呢

不过最让我感觉难过的 不是一年后你还不确定你对我的感情 而是 我不再确定你就是那个对的人了

[2011年9月15日 爱是必输的游戏]

从你的住处搬出来 我有Echo家的钥匙 她和Bob回中国了 我拿着我的东西去了她家 你给我发消息说 我们不能做朋友吗 我还想见到你 我想了想 把电话放到一边 看电视 半夜睡觉之前 把手机拿起来 回复了sorry（对不起） 然后删除了你的号码 拉黑了你的邮件

之后的五天基本没有下床 每天吃一点点东西 有的时候叫外卖 吃一半就吃不下 晚上起来 会想吐 有一天半夜饿得

实在不行 从 柜子里翻出来小食品 一看已经过期了 还是吃了两袋

总之就是不想离开床 也不想去外面

[2011年9月17日 马上就要夏令时]

昨天晚上出去喝酒 早上起来脑袋沉沉的 觉得整个身体里弥漫着酒精的味道 呼吸都是酒精 我想如果这时候有人在我旁边点根火柴我一定爆炸了

[2011年9月23日 如果我有了钱]

如果我有了钱 我就不去上班了 去淘宝和 amazon.cn（亚马逊网站）把我想看的书和电影都买了 就整天在家读书看电影

一出门就打车 （也许我会雇一个司机 没有什么比有自己司机更好的了 这样就不用和别人抢出租车 也不怕下雨天打不到车 也不用下车时候翻零钱付款）

如果我真的有钱了 日子会很好过吧 有人说 有钱不能买来快乐 可是有钱了 就可以 买很多新西兰和意大利冰激凌店

的冰激凌 我最喜欢蜂蜜口味 每次吃无论什么情况我都 发自内心地开心 所以有钱可以买冰激凌 吃冰激凌可以开心 这么看有钱还是可以买开心的

有钱以后 我买东西付账就再也不看账单了（我现在也懒得看 不过有钱了以后 我不看 也不会担心了）

我还要买一个 夏天时候可以去度假的别墅 那个地方最好一年四季都是夏天 我还要买艘船

[2011年9月24日 兑奖以后]

五千万的乐透今天兑奖 结果只有一个数买对了

我在想 其实我也不需要那么多钱 现在钱也够花了

还是好好踏实工作不要瞎想了 嗯 对 我最喜欢工作了 我这样对自己说

睡觉前 想的最后一件事 那艘船 到底有多大……

[2011年9月27日 80年代的歌 有种温柔气]

回来将近两周 到墨尔本的第二天就开始找住处 动员了

那那 和小野帮我找 到后来 用那那的话说 因为审美关系和生活习惯 这东西没有捷径 还得自己来

早上一起来就上租房的网站 搜索自己喜欢的公寓 按照中介名字 价格 联系电话 地址 和看房时间 制作了表格 然后一一打过去确认 最后选中三套房子 房1 位于市中心 近Melbourne Central（墨尔本中心）欧洲风格的老式公寓 四楼上下跃层 地板且有宽敞的阳台 一层是两个房间 二层是宽敞的大厅 第一眼就喜欢上 第二天就按照约好的时间去看房 到了以后 发现已经有十多个人在那里等了 那个公寓的大厅很古朴 进去的时候有老式的瓷砖 尽管房子很大 但是二十个人一起看房子还是有点拥挤 看了以后问 阿曼达要了表格 回去填 证明人那里 填了小托的妈妈

第二天早上去送表格的时候 我和中介说 我知道很多人想租这个房子 我愿意一下子付 半年房租 结果阿曼达说 那个房子昨天就有人递表格了 已经被拿走了

还剩下 房2 房3 房2 位于South Bank（南岸） 算是在city边 那个公寓是老工厂改造的 据说已经有一百年那么久 房间的墙壁都是砖的 （和我上海房子一样）很像*QAF*（《同志亦凡人》）里面 Brian住的那个公寓 房3位于市中心 靠近维多利亚市场 在一个老房子的 顶层 包括家具电器 提供健身和

游泳的公共设施

房2的中介是一个叫Val的男的 三十岁左右 我们约九点在South Bank 见面 他九点到了 一来就很匆忙地告诉我说 车子随便停在路边 我们要快点看 否则他会被罚款 和他急匆匆看了房子 整体感觉还是很喜欢的 就是觉得房间很暗 不过还是提交了申请

看房3 的时候 已经有五个人到了 中介还是阿曼达 一对澳洲人 一个白人 两个印度男生 还有我一起上楼 我很喜欢房3 入口的大白门 双开门 觉得有纽约范儿 当时想象了下《欲望都市》

上楼以后 房东在家 男主人混血儿的样子 他女友看起来是北欧的 房间干干净净的 入门左手边有一根钢管 上面架着两辆自行车 厨房的设施也很完备 浴室里有伊索的清洁用品让我顿生好感 这时候 澳洲情侣在和男主人聊得热络 白人 阿曼达 和女主人也在聊天 两个印度男生看得很仔细 一边看一边说 好 我觉得有点不自在 要了表格 递交了申请就走了 只是走的时候和房东打了招呼

过了两天 本来以为房3 已经黄了 房2的Val 打电话说 我

的申请通过了 让我准备 银行证明 我和小野已经开始去 丹麦家具市场看 沙发餐桌了（房2 是空房子） 没想到和师傅 胖子还有大Bobo喝酒的时候 阿曼达电话给我说 好消息 三份申请中 房东最喜欢你的 你拿到这个房子了 ……她说你明天来签合同 9月15号 就可以搬进去了 我开心得一直说谢谢

挂了电话 我和师傅说 没想到能拿到这个房子 我都没和房东寒暄 还以为他们肯定不喜欢我 我师傅说 徒徒这是命 你运气好不是一天两天

房子的事情 搞定了 昨天去洗衣房洗衣服 迷迷糊糊的 先把衣服放到立式洗衣机洗 然后回家看*Will&Grace*（《威尔和格蕾丝》） 用十分钟跑回洗衣房 把衣服放到一边的 桶式机器里准备烘干 投了四个硬币 一看说明 三个月没回来涨价了？ 又花了二十分钟往返 回去拿硬币 投了以后 按开始 结果一看 里面开始放水了 当时就急了 原来洗衣服的换了几个桶式的洗衣机 以前 桶式的都是烘干机 当时觉得心累 又回家过了四十五分钟 回来烘衣服 一共用了三个多小时洗衣服烘干 效率非常低的一天

另 小野要回沈阳工作了 我很失落 小野的爸爸妈妈要来墨尔本玩 我说就住我city的新房子好了 小野说正好他们俩不

会说外语 住酒店我不放心 昨天我们俩去看了音响 小野说买一个 Sonos（搜诺思） 无线音响送我

墨尔本还是有点冷 晚上要盖两床被子

[2011年9月28日 每隔十五分钟做十五个俯卧撑 会瘦哦]

可能因为马上九月末了 最近我总是能想到 荷西

晚上和大龙一起吃饭 他说看我又变瘦了 我说过去三天大概吃了两顿饭 变得很懒 他说看你觉得心事重重的 我说还好 我们在很贵的意大利饭店吃饭 之前他因为工作关系爽约我两次 今天他说他请

吃饭的时候他说到他的感情生活 我说现在我觉得 两个人彼此喜欢是一回事 但是如果要真的在一起走得长远的话 那个人一定要知道 疼你

他笑 说这些我都懂

我最近几天在床上待了三四十个小时 想说搬家以前就让我堕落好了 每天只洗一次澡就又回到床上 晚上喝了酒 微醺

的时候和大龙说 我把这次分手 轻描淡写 但是心里还是很难受的 不过也没办法 就觉得两个人不是朝一个方向使劲儿了

明天搬家 半年的合同 没有多少东西 晚上给妈妈打了电话 妈妈帮我算了算说 明天是个很好的日子

她给我读了她今天写的日志 我想我不在我妈身边 她也很寂寞吧

有很多人说 我再不相信爱情了

爱情就在那里 容不得你信不信 来了就来了 走了就走了

[2011年10月1日 单眼皮大脑袋]

我的房东在房间里 放了奈良美智的 两幅画 我觉得奈良美智画的小姑娘 长得有点像 经常去《康熙来了》的 小甜甜

新家在city中间靠边 靠近维多利亚市场 维多利亚市场有卖皮包玩具的 也有卖鲜花盆栽 卖蔬菜水果鱼肉 也有意大利大叔卖意大利香肠和看了以后流口水的blue cheese（蓝纹奶酪） 那个市场有点像小时候我妈妈下班以后会带我去的春柳菜市场 里面有喧哗声 讨价还价的声音 海产区地面泥泞

有热情服务教我即使没有冬瓜也可以买萝卜炖汤的亚洲阿姨也有用背包装西红柿芹菜的欧洲穷游少年

新家是一个老式建筑 外面是砖墙不过里面很新 一楼入口有非常高大的木头大门 白色的很沉很沉是我最喜欢的双开门 开门之后要下几层台阶 我和凯文说 我每次推开这个门从台阶走下来都觉得 很*Sex and the City* 他笑 说 那你以后出门以后 张望一下 然后喊 taxi（出租车）

我住在顶层 尽管只有四层 还是有个小电梯 房间有一面墙都是玻璃 可惜面对院子 对面是高层公寓 还好房间不会很暗 两个房间都有一个天窗 有的时候下大雨 躺在床上看不到外面 能听到上面 天窗上 噼里啪啦的声响

[2011年10月3日 to do list（待办事项清单）]

三十岁之前 有几件事我想完成

1 再学一门外语 （不仅仅是 我爱你 和骂人的话 而是确确实实可以和当地人沟通）

2 写一首歌词 摇滚的 五月天那种

3 去欧洲的 每一个国家旅游

4 认识五个星象 这样在晴朗多星的夜里 可以讲给你听

5 再去一次动物园

6 喝一种没喝过的酒

7 给市长写一封信

8 学会记账管钱

9 学会一种乐器 [不用精通 只要会熟练演奏 *Moon River*（《月亮河》）就行]

10 养一只斑点狗 所以我要有个院子 或者公寓够大 所以我要买个房子

11 把不需要的东西都扔掉 或者给人 只留下经常用的

12 说 “我爱你”在每次我确定的时侯 偶尔在不太确定的时候也说

13 换一个发型

14 去爱 像十八岁的时候一样（十四岁也行）

[2011年10月8日 朋友]

Friendship：an interpersonal relationship between humans / Friendship is choosing one person, or few persons, over all other people.

（友谊:人与人之间的人际关系/友谊是选择一个人，或几个人，而不是所有人。）

叫作《安东尼和他的朋友们》的别册里 写关于朋友的文章觉得有点奇怪 就好像语文课本里要解释什么是语文 感觉怪怪的

几个月前在上海的公寓 早上起来要从竹子板做的床上爬起来 咕咚咕咚地走下膝盖一样高的台阶 厅里的空调开了一夜 要穿上短袖才不会冷 迷迷糊糊地穿过梅雨天后变得发霉的走廊 去靠近楼后过道的厕所 那厕所老旧没有通风设施 捧着在开着空调的厅里放了一夜的冰凉iPad一边看新闻一边上厕所 没过一会儿屏幕上就 蒙了一层水汽

现在在墨尔本 回来以后租了city里 靠近市场的公寓 住在四楼 是公寓的顶层 这公寓阳光充足 房东是日本和北欧混血 他女友是欧洲人 两个人都年轻 一起去日本工作 半年之后回来 他们把家具电器都留在这里 房租里包括了电费和煤气费 客厅里有大幅的奈良美智的画 尽管墨尔本的夏天就要到了 晚上睡觉的时候还是有点凉 早上起来的时候在客厅放Bob Dylan（鲍勃·迪伦）的歌 穿内裤短袖在沙发上什么都不做听一会儿歌 这一天才开始起来

一直以来 似乎都是自己一个人 这么多年也走过来了 也算开心 可是细数日子 就会发现 哪是自己一个人啊

在上海认识了在MSN工作的Jay 后来我不叫他Jay 叫他肖仙人 其实我们一年前就认识了 不过后来匆匆回来墨尔本也没怎么联系 这次回上海 我约他出来喝酒 喝得尽兴谈得开心 他去过很多地方 东南亚 新西兰 爱尔兰 英国 德国等 他说有一次在 东南亚的一个小国家旅行 快要到傍晚天气还是很热 他看到有年轻的男生骑自行车载着女友回家 女友幸福地靠在他的背上吃着冰棒 那男生面容清秀 一脸宠溺模样 他说他想那男的应该是在附近帮游客按摩的船上工作 辛苦了一天 下班载女友回家 还给她买了冰棒 他说 那种状态才是生活本来的面目啊 慢慢的 很踏实 他说的时候眼睛明亮 似乎回到那时那刻 我说你是肖仙人 太不食人间烟火了 他笑 台风梅花要登陆的那天 他联系我说要过来看电影 一起迎接“梅姐” 上海这边很多媒体都在报道台风的消息 很多街上的广告牌子都拿了下来 我想这梅花一定来势汹汹 肖仙人去超市买了很多好吃的 我们在家里一边喝酒一边看 讲香奈儿小姐 的电影到半夜 我们俩趴沙发上往外看 一点没有狂风大作的迹象 他很失落地看着我说 我很期待台风的

Echo因为我们工作的关系 要来上海这边和公司开会 我说你干脆住我家好了 我上海这边朋友多 去他们家挤一挤就好 打电话给小西和李安 问能不能去他们合租的公寓住两天 他们俩热情地说好呀 我和Echo在赶开会时候用的材料晚上十二点左右才弄完 电话给李安问是不是太晚了 他说不晚 我们俩在家等你呢 地址发你手机里了 到了给我打电话 我家不好找 我下来接你 他家住得离市内不近 我去的时候开始下小雨 他举着伞出来接我 李安和小西都是我很好的朋友 我去他家也很自在 小西问我明天早上要吃什么 我说都行 他说可以用豆浆机做五谷粥 我眼睛一亮说好啊 然后他们俩在厨房忙活起来 开始洗豆子做准备

在回来墨尔本之前 我把上海的房子租了出去 一共租了两年 所以房子里的东西都要清空 有一些准备带回墨尔本 一些寄到大连的家里 离开前两天开始收拾 越收拾越绝望 整个家里乱乱的 QQ上庆庆问我准备得如何了 我说一团糟 心累 他说我下班以后过来帮你整理吧 公司有一些泡沫塑料和箱子 一起拿过来帮你打包 八九点钟的时候他过来 只见他把东西挪来挪去的 十一点的时候 我们俩竟然都收拾好了 拿回墨尔本的 寄到大连的 要扔的 送人的 最后一晚睡觉需要的 一一归位 然后他说我们公司有签快递公司 可以打折的 又打

电话去了那边 然后晚上十一点我们俩打车 把要邮寄的东西送到快递公司寄了出去 那时候上海还是很热 他上身已经湿透了满头是汗 我们打一辆车回家 在路口他让出租车司机停下 和我说 接下来他走走就行 如果去他家得绕路 临走还说你后天就走了 明天晚上如果有空我和刀刀请你吃饭 我说 好就这么定了

回来墨尔本第二天就开始找房子 打电话给那鬼 然后我们俩就在city见面 和他讲了一些发生在上海有趣的事 也讲了一些不愉快的事 他马上站在我这边 和我一起说那个人坏话 我们一起去房屋中介公司 我问他最近工作怎么样 他说从中国进了一些包准备卖一卖 具体也不知道要做什么 现在在外国公司做清洁 我们从房屋中介公司出来 路过他工作的办公大楼 他指着胡同里面的 巨型垃圾箱子说 我工作的时候就来这里倒垃圾 每天晚上都能装满四个 我说你别说了 听得我难受 他笑说 其实也还好 有的老外很好的 有一次我在一个办公室打扫 那个办公室里长得招人喜欢的男生拿着一个盒子走过来 上面写着 be careful, glasses（小心玻璃） 那个男生和我说他的杯子碎了 怕我扔垃圾的时候割到手 所以装在一个盒子里 还用透明胶缠了好几圈 我说太有爱了 那男的帅吗

然后约小野打网球 自从我们离开Sunbury（山伯利）以后小野就开始和他同学一起住了 我们在city见面 陪他去他家拿球拍然后去之前的大学打球 两个人都觉得彼此球技见长 我们打了一场五局的比赛 他三比二赢我 回家的时候太阳落山 有紫颜色的好看夕阳 他说想起之前我们一起住 一起上课的日子了 觉得那时候真的很充实 快乐啊 一转眼 我研究生读完都要回国了 我说 我也很怀念那段日子

就这样2011年的9月 又回到墨尔本 别册的工作做了一年 新的生活又要开始 "朋友"再见 朋友你好

[2011年10月16日 Cutaway Hill / Point Noir（卡塔威山/黑皮诺）]

我应该不算怨妇吧 有了新工作 新朋友 上周写了新的专栏 觉得《陪I》时候的感觉又回来了

最近吃得很好 每周都消耗很多核桃 西红柿 玉米 猕猴桃……

今天出去买菜 穿着运动服拖鞋就出门了 我在市场里走

忽然就很害怕遇到你 我现在这个模样 还是完全不知道如何面对你 会想 在遇到能像喜欢你这么喜欢的人之前 还是好好喜欢自己吧 因为和任何人一起 只要没有像喜欢你这么喜欢 我都没法再见到你 所以这段时间就好好喜欢自己吧

[2011年10月17日 *Fire and Rain*（《火与雨》）]

在听歌 这方面 我很可能有强迫症 经常一阵子就反复听一首歌 大上周是Adele的*Someone Like You*（《像你这样的人》） 这周很喜欢听 Avalanche City（新西兰乐队）的*Love Love Love*（《爱爱爱》） 每天早上起来 还没睁开眼就摸到iPad 点开YouTube 听这首歌 觉得元气十足

新工作 开始一两周了 我还蛮喜欢的 早上起来穿上白衬衣 皮鞋人模狗样地穿过city 我走得飞快 皮鞋发出吧嗒吧嗒的声响 今天上班的时候 有个小女生来和我们经理咨询 因为我在实习期 和经理一个办公室 方便问问题 那个女生进来以后 大概瞧了我一眼就坐到我经理桌子前 询问留学的问题 说来说去 她说要是能在大街上遇到 安东尼就好了 我默默头皮一紧 低头工作 我经理是演技派 眼睛都不眨一下笑着看着她说 攒人品呗

人 过了二十五岁 变老的速度真是拉也拉不住 这几天寻思着 过了三十岁差不多要打 玻尿酸了 中午吃饭看YouTube Boys Of Paris Milan Fashion Week AW 2011（2011秋冬巴黎米兰男模时装周） 一共三分钟三十秒 全是二十几岁的鲜肉啊 看得我百感交集 下面的留言更逗 有一个说 Best three and a half minutes of my life.（我一生中最棒的三分半钟。） 当时就笑了

有的时候看到网上有人说我 是富二代 就默默地想 屁嘞我妈是小学老师 我爸是会计 富二代个头啊 你没看到我工作累到 屁股都要掉了的惨样子

明天和Zeta 相约拍照片 周三中午 Vine请吃饭 她在日本某名牌车当销售经理 我说我周三上班 中午有一个小时休息时间 她说 一个小时太少 要么你周三请假好了 我说 午饭诚可贵 工资价更高 她说 很好 有志青年 我笑说 那是 胸有大痣

晚上回家一边做饭一边看电视上播的 《宇宙大爆炸》 收拾了家 今天准备早点睡了

再去听一遍*Love Love Love* 好啦

[2011年10月20日 你身上的毛 从这儿一直长到那儿]

最近在家 看书做饭 还没开始找厨师的工作 因为在准备一个 明年的企划 怕工作以后精力不够用

欧文和他的朋友从阿德莱德过来买车 一开始他打电话问我能不能在我家住 我说没问题 睡沙发睡我的床都可以 他说好 我还有一个朋友和我一起来 我说这个不方便 要住只能你自己过来 他说好吧 那我们俩一起住酒店好了 等我过来以后找你

欧文和他朋友来我家做客 我来做饭 他们两个家伙 从阿德莱德坐长途客车过来 又去赌场玩了一圈 十几个小时没睡觉 来了墨尔本就开始看车 买车 一进我家就摇摇晃晃 扎进沙发就没起来 我说 你怎么这么垮啊 给他们做了奶油培根蘑菇鸡 顺便炖了一锅意大利面肉酱

吃了晚饭 我们一起去看张学友 演唱会 张学友唱功真是没话说 跳得那么欢快也不走音 看了两个多小时 我忽然想到炖肉酱的炉子没关 我和欧文说我得回家 好像炉子没关 欧文说我陪你一起回去 我说不用 你们继续看 我自己回去 他说要是着火了怎么办一起吧 后来我们三个都提前出来了 急急忙

忙叫了出租车 欧文说他刚才出来的时候想撒尿 后来一想 憋着好了 如果真的着火了 可以上来就控制一下火情 回家一看炉子关了 欧文说 你太垮了

最近开始了一个 留学顾问的工作 一起工作的同事都挺有意思的 主要是做一些国内同学的留学咨询的工作 一周上班三天 我的主管叫艾瑞斯 性格很开朗 她说 我有了一个男助理了 哈哈 不错不错

搬家以后 有很多朋友一批一批地来我家吃饭 有一天Jai过生日 和同事在city喝到很晚 给我发消息说今天我生日 我说生日不应该自己睡 等下喝完了 来我家好了 Jai说好 等我带瓶酒过来 凌晨一点我们俩快速地喝完了一瓶红酒 Jai一脸深情地望着我说 你知道吗 企鹅的爱情很特别 公企鹅会找一颗漂亮的石头送给母企鹅 母企鹅就会坐在上面 他问我 你愿意送我一颗漂亮的石头吗 我不知道怎么回答 假装没听懂 问Jai你在问我要钻石吗 Jai笑说 no no no

小托的妹妹Pip 来我家吃饭 她说和男友分手了 我说我也分手了 她说她知道 很多时候我看到Pip的脸 就会想到小托吃饭的时候我们说了一些课程上的事 我说我家正对面（大

概十五米距离）之前没人住 所以我经常光着身子在家里走 不过前天晚上 我忽然发现那个房间亮了灯 里面坐着一个帅哥 Pip笑问 他看见你了吗 我说应该看到了 因为他把窗帘拉上了 Pip说 那你还是可以想怎么样就怎么样 我说 不行 长得丑的我无所谓 如果长得好的话 我就会害羞 Pip 哈哈哈地大笑出来 吃着饭 没有 缘由的 我也不知道哪里来的想法 说了一句 我很想T 但是我不想再见到T了 Pip眼睛忽然红了 说T配不上你 不要想了

前天和欧文 师傅 看了五月天3D演唱会 回来以后欧文和他朋友要去找酒店 我估计这家伙早有预谋 哪有人三更半夜找酒店的 我说算了 你俩一起 来住我家好了 于是他们俩在我家住了一晚上 第二天我起来以后 两个人已经出去买车了 东西都留在我家 下午我给他们俩打电话 问晚上是否过来 欧文问过来方便吗 我说 你们俩东西都在这边干脆过来睡好了 欧文朋友睡沙发 欧文和我睡床 我一般睡觉算是老实 但是要弓着身子 斜躺 欧文睡在我床上害得我不好意思裸睡 只好在床的一边 直直地躺着 一晚上不舒坦似乎睡着了 似乎又没睡着 早上五点起来上厕所 回来一看 这家伙非常自在 大字样躺在3／4的床上 心中生恨 我一只手推他屁股一只手推他后背 一起给力 把他推到床的一角 他咕哝了下 也没醒 继续睡了

欧文一早上走我还在睡着 他给我留了字条在电脑上 说亲爱的 我走了 好好照顾自己 常来看你 xoxo Owen（亲亲抱抱 欧文）

[2011年10月27日 每天都有一只猫光顾]

昨天晚上 做了一晚上的梦

首先是 梦见自己在做一条连衣裙 画图剪裁 缝纫 忙得不可开交 但是怎么也达不到自己想要的样子 一直苦恼 好几次推倒了重新来过 忘了那个梦做了 多久 累得我 都懒得翻身了

天 快亮的时候 做了另外一个梦 梦见我们分手以后 不知道怎么的 说是还要再见面一次 我在我姥爷家的农村 我知道你会来 我坐在炕上 心里忐忑不安 又充满期待 时间到了 结果来了一个人 打开门 本来以为是你 结果说是你家亲戚 我忘记他的脸了 当时非常失落 这时候 有人从门外走过 我赶紧跑出去 发现那个人也不是你 早上醒来以后 我想 自己为什么做这两个梦

第一个梦 大概是因为 最近看 *Project Runway*（《天桥骄子》） 我是典型日有所思夜有所梦的人 而且最近 我对

fashion design（时装设计）产生了很大兴趣

第二个梦 估计是潜意识里 我非常想见你 所以有了这次约会和见面的机会 不过即使是睡觉时理智也告诉大脑说 这样是不对的 不好的 所以见到了错的人

今天去××大学培训一天 大学接待的人非常的热情 他问我当咨询顾问多久 我说 一个月不到 我以前是厨师来的 然后两个人就聊了很多 我对这个大学的印象很好 路过一个学区 看到落地窗里面 有体操运动员一样的 学生在做各种各样的运动 有光着上身的男生在空翻 我问学校负责人 这个是什么专业 他说 类似于 马戏和杂耍的专业 我们开设了专科 和本科

我一直对马戏团有 别样的好感 觉得这个专业非常有爱

晚上培训结束以后回家 走着走着 忽然看到一块街道牌子 上面写着 Thomas St（托马斯街） 当时忽然就觉得胸口堵住了 非常难受 过桥的时候 眼泪就流下来了 我也说不清为什么会哭 本来分手到现在都没流一滴眼泪 大概是难过 自己现在怎么成了这个境地吧

晚上和凯文 阿尹一起吃的饭 然后去游泳了 刚刚回家 正

好对面的帅哥在房间里 没拉窗帘 很热情的双手一起摇晃和我打招呼 我和他挥了挥手 看到他窗台放了一瓶香槟 估计是喝醉了

最近经常和妈妈爸爸视频 觉得很踏实

明天去打壁球 后天去 Zeta家吃饭 周日去同事家house warming（乔迁喜宴） 努力地让自己忙起来

有的时候 我觉得什么都是假的 但是这并不妨碍我发自内心地相信 并爱着这个世界

P.S. 今天吃饭的时候和凯文 阿尹一起聊天 说到小清新和文艺青年 阿尹对我说 你一点都不小清新 也不文艺 好不好 我说 对啊 我真的一点也不小清新 不知道为什么大家一直觉得我文艺 和小清新 凯文说 你别用豆瓣 就能摆脱小清新了 我想了想 那还是算了 最爱豆友了

[2011年11月3日 杯底粘住的拿铁咖啡]

之前上海的室友M在英国做服装设计和面料的出口 回上海后和R 两人交往了两三个月 M给R亲手设计并用自己设计

的面料给他做了两件外套 衣服出来以后还没给他 Ryan同时又和别人好上了 被我朋友M知道 M一气之下把给他做的衣服剪了个稀巴烂 有一天我和Ryan在网上聊天 R和我说 我不喜欢人 我喜欢植物 我和他说 我喜欢形形色色的人 养植物我总把它们弄死 R又和我说 他觉得 稳定的恋人关系很愚蠢 可能因为他没有好好对M的原因 我对他有一点抵触情绪 知道我们俩追求不同 人生观也不一样 于是说了OK以后 匆匆下线了

后来夏天过去了 秋天开始的时候 因为R也是我和M很多朋友的好友 所以聚会的时候 经常就能碰面 他和M的关系似乎又明朗了起来

其实R 大大咧咧的又没有欧洲人那么有礼貌 我觉得M应该找到更好的 M长得很漂亮 为人善良也聪明

结果有一天我和Tom在我家做饭 请了很多朋友 R也来了 大家一起吃得很开心 明明前几天M还和我说 R这个人问题太多 实在不适合做男朋友 结果 当天吃饭的时候R一直在回消息 M当着众人的面问他说 是不是等下有约会 R半开玩笑地笑着说 Yes 结果平时性格很好的M一下子变了脸色说 那你现在就去吧 别在这里待着了 场面尴尬了一下 R 起身要走 我们都拽住他说 别走 这时候M突然用一种我从来没有见过的 表情看着R 眼神里有央求的态度 抓住R说 我错了 请不要

离开

Tom是丹麦人 他和J结婚后和平分手 Tom搬出去临时住在一个简陋的公寓 大概一个月以后 J交了一个中国男朋友 我没见过那个男生 我问Tom 那个男生怎么样 Tom看着我的眼神认真地说 看起来很蠢 后来J因为工作关系说要回哥本哈根同时Tom的公寓也到期了 所以J就和Tom说 让他搬回去住 趁这个机会好好找一下房子 昨天见到Tom 他看起来很疲惫的样子

我问他 你怎么了 回家以后不是应该睡得很好吗 比你那个简陋的小公寓强多了 Tom看了我一眼 苦笑道 回家以后居住条件是好了很多 但是这几天我都是在沙发睡的 再回去睡J和别的男生睡过的床怎么也睡不着

朋友Re开始和法国男生交往 她开始变得像小鹿一样无知又单纯 放弃了 出国游学的机会 从她的 舒适小公寓搬出来和法国男友同居 两个人兴高采烈地装饰新家 从古玩市场搬来巨大的装雨水的水槽 那法国男生很固执 那么沉的东西又不请别人来搬 Re帮他 搬的时候法国男生腿部受伤 Re看得伤心流下泪来 法国男生其实不是男生 比Re大十岁 不过不知道因为是法国人 还是 家世好 娇生惯养长大的 非常不成熟 他

他们在一起住了一阵子以后 两个人就经常吵架 后来法国男生说 Re整天在家他没法工作 Re相信他 搬到我这里来住了几天 有一天她回去看那法国人 结果里边的人不开门 Re这姑娘也冲动 愣是翻墙从院子进去了 腿也受了伤 结果看到法国男生和另外一个女生在里面 屋子到院子的门是关着的 屋里的女生匆忙地离开 Re的腿开始流血 她使劲地敲门 法国男生没有打112 打了110

Ai是日本女生 说着四五种语言 自己有一个设计公司 平时也给朋友当模特拍摄一些平面广告 我第一次见她的时候是在一个 home party（家庭聚会）上 我在做饭她来到厨房拿着一杯酒开心地和我说 真好闻啊 需要帮忙吗 我们吃完饭以后 她忽然说 我现在好开心 很想跳舞 于是她就跑到厅里无视众人 独自跳了起来 她男友Alex 在一旁温柔地看着她 后来我又在不同的地方见过她几次 每次她都是充满热情 开心的 淘气的样子 可是说不清楚的 总能感觉有一些忧伤在里面 有一次在家我和室友M说 我很喜欢Ai 很开朗 又有趣 M说 哦她之前不是这个样子的 很内向 也不怎么说话 她之前交了一个德国男友 一年前自杀了 Ai之后就像变了一个人 一年之内没有和任何人交往 变得非常阴郁工作也不做了 后来认识了Alex 他很好 把她照顾得很好

看朋友写的日记 他与G一起出去吃饭喝酒 公司里很多女生喜欢G 好看温柔又多金 G也尝试和女生交往过几次 可是每次认真起来的时候他就打了退堂鼓 回家的路上我朋友开车 G醉了 朋友问他干吗不好好找个女生交往 G迷迷糊糊地 看着窗外 一脸懵懂的样子说 “我心里有个坎 一直过不去 我总觉得我和她还没彻底结束 说不定哪天 她还会回来”

整理四月时候去日本的照片 当时心血来潮 乘坐新干线几小时时间 从春暖花开的东京 跑到 冰雪覆盖的秋田泡温泉

从温泉出来的时候 正好日落 雪白的安静村庄被 晕染成温暖的红色

当时特别地想你 希望你就在我身边 看看这样的景色

带着那种情绪 照了照片

看着那个嘴脸 恋爱中的人的 模样

都是些关于爱的故事 风风火火 轰轰烈烈

难过的时候 会想 以后再也不要恋爱了

但是 像我们这些没有宗教信仰的人 不就是靠 被喜欢的人喜欢而支撑地 活下来吗

[2011年11月11日 You don't know me / You don't even care（你不了解我 / 你甚至不在乎）]

墨尔本已经111111了 一个人在家

我想 有那么一天 会出现这么一个人 当他出现的时候 你就会明白为什么 你一个人单身了这么久

[2011年11月16日 我之前上过电视哦]

深夜里 我隐身log on（登录）许久没有登录的MSN 觉得你会在那里 就想看看你 我一登录 就看到你的头像是亮的

我看着你的头像 又喝了一杯酒 显示在线了 我一上线你立刻和我说话 你说 Anthony how are you?（安东尼，你好吗？）

我说 我很好 你呢

你说 我也很好

然后 我盯着屏幕就不知道要说什么了 我想好好问你最近怎么过的 问你最近工作怎么样 是否开心 这些话都没有说出口 只是傻傻地盯着屏幕 网络广播很应景 开始播放*Someone Like You*（《像你这样的人》）

我们已经有 两个多月没有联系 中间见过你妹妹两次 但都没问过她你的事 有一次我们一起吃饭 她说你辞了上一份工作 我说嗯 然后她问我 你想听我说这些吗 我说不太想 就这样 我没有任何关于你的消息

你又忽然问我 你还在墨尔本吗

我说 是的 我住city 也在city工作 我想了想说 我总觉得在city能遇到你

你说 我也有这种感觉

这个时候 我特别想告诉你 我很想你 但是想了想 说了又能怎么样呢 于是就什么都没说 我问你 我们之前一起去的那个海湾叫什么名字 我想再去一次

你告诉我以后 问我什么时候去 我说最近吧

你忽然打了一堆字过来 你说 今年雨水多 山里很多蛇 让我去的时候一定要小心 要穿长裤 记得拿绷带以防万一 过了一会儿 又说 你别像上次游泳游那么远 浪大很危险的 最远也不要让海水没过腰……

我想说 和你分手我都不怕我还怕蛇？ 结果只是发了 谢谢 我知道了

然后我就 盯着屏幕 看看你还要说什么 半个小时过去了 对话框里什么也没有 我强迫自己去 洗脸刷牙 结果回来以后 一看还是没变化

我说 我要去睡了
你说 很高兴和你聊天

我躺在床上想 前几天在书上看到的话 上面说 没有什么感情是放不下的 时间久了自然就放下了 我想着这句话觉得它是有道理的 同时又在心里狠狠地质疑了肯定这句话的自己

[2011年12月3日 维多利亚市场 不通风]

新家在维多利亚市场附近 买东西很方便 我经常周六周日的时候 拎着一个蓝色的大宜家口袋一个人去买菜 一般买菜的顺序是这样的 鲜肉和海鲜 熏肉香肠 蔬菜水果 鸡蛋这样因为肉和海鲜会比较重 而且放在上面的话也容易污染其他食材

卖生肉的区有很多膀大腰圆的大叔 但是他们一个个都干干净净的像是做手术的医生 有的甚至戴着小圆镜片的眼

镜 文质彬彬 一般会买猪肉碎做意大利面 比牛肉碎更有香味 买鸡中骨和几种蘑菇还有酒奶油一起炖 牛肉挑色泽新鲜纹理均匀的来一大块 回家分成大块 做牛排吃 还会买一些tiger prawn（虎虾） 懒得做饭 煮泡面的时候放一两只进去顿时就觉得好高级 感觉并没有糊弄自己

卖香肠熏肉cheese（芝士）的区域 很多都是意大利人会买辣味香肠 肥瘦相间的培根 那些意大利的大妈都很热情 darling darling（亲爱的）地叫着 有的时候我不确定某个cheese或者鹅肝的口味 就会让大妈切一块给我尝尝 大妈很豪爽 切了一大块用刀递给我说 你就用手吧

买水果的时候 我专门去一家 因为那家卖水果的亚洲女生很热情 上次我去买橙子 本来都付款走出去几步了 她还是把我叫回去给我多套了个塑料袋

卖菜的摊子很大 有各种蘑菇 香草 蔬菜 香料 我每次去那里都很踌躇 看着每样菜想着 怎么做 于是会挑很长时间 卖菜的那位会不耐烦 所以买菜我都不固定在一家买的

最后去买鸡蛋 我对买鸡蛋的建议是只挑贵的买 因为我觉得鸡蛋一次也吃不了多少不用图便宜 而且在农场上到处

跑的鸡应该比较快乐 就像我小时候住姥爷家的时候 那些母鸡到处跑吃虫子 鸡蛋黄的颜色像太阳一样 相反 养鸡场里圈养的鸡的鸡蛋 总让我觉得缺了点啥 觉得吃了会得抑郁症

最后会在出口的地方买一束花 然后拎着一大口袋东西回家

[2011年12月6日 你兜里有一把把 润唇膏吗]

下班时候在楼下 我看见一个很像你的人 当时定在那里想立刻藏起来 又迈不动步 仔细看了 发现只是像你而已

路过州立图书馆的时候 我又下意识往长椅上找寻你的身影 记得那时我在图书馆写《这些都是你给我的爱》的时候 你下班以后就来图书馆门口等我 你坐在长椅上抽烟 看见我出来的时候 你会笑着说 Let's go（我们走）

继续走 后来回到家里 家里拉了窗帘 比外面还要暗还要冷 坐在沙发上想 我想离开这个城市一阵子

最近工作很忙 各种事情 等下热点汤 吃点面包 继续工

作了

[2011年12月8日 好自私]

那鬼在维多利亚市场租了一个摊位卖一些从国内发过来的 手工制作的牛皮包 那些牛皮包不是很大 有各种样子 有蔬果类的 比如苹果 草莓 茄子 还有动物类 鱼 猫 小猴 狗 他第一次有这个主意以后 拿了其中一个小狗包的照片给我看 我看了一眼 意味深长地和他说 你要三思而行啊 他似乎受到打击 不过那鬼也是一个很执着的人 半年时间 申请摊位 货柜 从中国进货 什么都弄好了 有一天他忽然和我说 六号我就开业了 我调侃他说 以后就得叫你那老板了 其实那鬼很辛苦 开张以后他每天早上一大早就要起床 从 city以外的New Port（指港口）坐四十分钟左右的火车来city 排队领摊位号 然后自己一个人看摊 都没人陪他一起 从早上一直到下午三点多收拾收拾之后 晚上六点左右又得去city 写字间去做清洁 他说 每天晚上回去躺在那里 动都不想动

七号的时候 我给他打电话说 今天来看看你 他说太好了 给我买瓶水 我要渴死了 那鬼的摊位不大 但是干干净净的样子 他自己做了展示用的木板 那些手工做的小包放到一起

竟然还挺好看 挺洋气的 我问他生意怎么样 他说第一天赚了大概三百澳元吧 我说那很好啊 他笑着说不错不错 一脸淳朴我们在一起站着聊天 一个小时过去了 很多人路过的时候都停下脚步 过来看看 然后夸奖说cute（可爱） 好看之类但是没有人买 我有点着急了 于是只要一有人上来看 我就很热情地上去 打招呼 结果还是没人买 那鬼说 卖东西也有学问的 比如有些人有兴趣过来看看 你就让她自己看 不要上去介绍 有的时候你一上去说话 反倒把人吓跑了 想买的人终究会买的

这时候 来了一个混血样子的人 说不清是哪里人 那女生就在我们对面挑东西 我还继续用中文和那鬼聊天 我问那鬼你觉得这个女的会买吗 那鬼说够呛 我问 那我跪下来求求她买一个好了 那鬼说 你别耍彪了 我说 她不买我就抱住她大腿不让她走 那鬼笑了 结果这个时候那个女生用很纯正的汉语指着一个包 一脸笑意问那鬼 这个包多少钱

我当时觉得脸都热爆了 转过身去 无地自容

[2011年12月13日　A variety of emotions from start to finish（从头到尾的各种情绪）]

Jonas离开墨尔本的第二天我收到他的短信

他说

I began to immediately miss you, despite not having been separated for more than 24 hours. Despite being over 15,000km away. I know you are there.

（尽管我们分开还不到一天时间，我已经开始想你了。即使距离一万五千公里。我知道你就在那里。）

[2011年12月20日　I am trying hard to do what's right（我在努力做正确的事）]

我啊 没想到还能收到你的短信

今天郭一过生日 我们在他家吃饭 吃着吃着来了一条消息

我把你的号码删除了 可是一看到这个号码 我就知道是

你的

我们上一次消息是9月15号 我去你家送你钥匙时发的

我收到你的消息 你说 你好吗安东尼 我希望你一切都好 圣诞节你有什么安排吗 我看着消息 喝了一杯酒 回复了Thomas 我不知道要说什么 不知道要怎么说

过了一个小时 你回复说 这个就是你要对我说的吗 就这些吗

我没回复 然后你又发消息说 突然给你发消息可能有点突兀 如果你圣诞节没什么安排 来我家吧

我回复说 我很好 不用担心 想了想又说 I miss you.（我想你。）

你回复说 I miss you too.（我也想你。）

我不知道要说什么 回复了个笑脸 没说别的

[2011年12月25日 圣诞节这天]

Echo 师傅 郭一 那鬼 小托来我家吃饭 小托带了两瓶香槟 然后他把我叫到我房间 递给我一个盒子 里面是一个意大利牌子的紫色衬衣 他说我自己买了一件白色的 看到你那天穿紫色polo觉得你穿紫色很好看 就给你也买了件 圣诞快乐 说着他亲了我一下

我没想到他会过来过圣诞节 也没给他买礼物 觉得有点过意不去

饭后大家都走了 我和小托喝多了去屋里睡觉 半夜起来我们在房间里看 *500 Days of Summer*（《和莎莫的500天》）男主角和女主角第一次在一起过夜后那个快乐的早晨的情景我去上厕所时错过了 小托兴奋地倒回去给我看

很匆匆的 这一年就要过去了 觉得这一年还算平淡 也经历过一次分手 好在年底时 一切又步入正轨了

[2012年1月3日 hey我真的好想你]

我有好久没有写东西了 去年十一月底的时候 初中同学曼联系上我 她和我说她要来墨尔本了 我当时惊讶 尽管之前就听过她有出国的打算 但是没想到这么快 我说 你过来学什么 她说 学厨师 她在大连已经有了一份稳定的工作 我不是很理解为什么忽然做出这样的决定 我问她 她说 也没什么就出来看看呗 一直也喜欢做饭 现在的工作也没什么意思 因为做进出口生意 接触到很多外国人 觉得澳洲人很nice（好） 种种原因加到一起 就决定出国了 我说 我真的很佩服你的魄力

她说也没什么 走一步算一步吧

我问她出国以后住哪里 她说 还没找到 可能住homestay（寄宿家庭）吧 不过那个很贵 我想了下和她说 你可以先过来和我住 我现在租的公寓两室一厅 是非常好的公寓就在城市中心 有一个房间是空的 等我给你买张床就能住了 她开心地说 真的吗 太好了 你那里房租多少 我说一周五百五十澳元 她说 太贵了 我说 你一个月给我八百澳元就行 水电网那些费用也不用管 她说她想想

过了几天 她在网上和我说 和她妈妈说过了 尽管一个月八百澳元也不便宜 但是她妈妈觉得和我住放心 而且也算有个人照顾 听她这么说 我有点不好意思 我说这样吧 你一个月给我六百澳元就好 反正我的房子三月就到期了 你有两三个月时间找房子 六百澳元就行了 她开心地说 谢谢你 等去了我给你做饭 我说再好不过 呵呵

[2012年1月6日 论鞋带的几种系法]

我和妈妈通电话 我妈妈在那头埋怨我最近都没有和她联系 说她很想我 她说不知道为什么 每次她梦见我都是我小

时候 她说长大的样子几乎一次都没梦到 可能因为我上高中就去了别的城市 大学也是 然后就出国了 她说 妈妈有的时候后悔给你送得太远了 现在感觉那根线怎么收也收不回来了

我笑着说 你就是孩子生得少了 如果当时生个两三个也不会像现在这样觉得寂寞 一直惦记着我

妈妈在电话那边笑 说 你还好意思说 记不记得你上小学的时候 有一天晚上你回家 看到家里有个小妹妹 你问我和爸爸她是谁 妈妈逗你玩 说是我们领养的小妹妹 以后你就是她哥哥 你爸抱着她 让她叫你哥哥 结果你安静了下 然后 放声大哭 怎么哄都哄不好 说什么这么大的决定怎么都不告诉你 还说要去居民委告我们俩

后来我才知道 那个小姑娘是我小舅妈家的外甥女 不过我现在还能记得当时难过的心情 现在想来当时真的是小气幼稚 如果真的有个妹妹该多好 我一定对她好 好好宠着她 被我妈这么一说 我有点不好意思

我不就是怕你和我爸不再爱我了嘛 怕你把那些爱都给了她 哈哈 我笑

妈妈 没笑 她在电话那边停顿了下 然后说 傻孩子 就算我再有一两个孩子妈妈也会爱你啊

再说 妈妈对你的爱比你想要的还要多得多

我在电话这头忽然尴尬 说 你也太文艺了吧 这么肉麻的话都说得出来 怪不得我能写东西 原来像了你了 妈妈在那边笑得开心

晚上睡觉前 我在脑子里各种翻译 妈妈说的话

她说

Don't be silly. I have more love than you ever need.

[2012年1月9日 It will not gets better（情况不会好转）]

我和Zeta 每次一起的时候都特别开心 她这种对很多事都充满热情 和人生观是“就那么回事儿”的我竟然一拍即合 我们一起喝酒喝咖啡做饭

她在和明星交往 有一次她一下子背了五六瓶酒来我家 我们俩喝了很多 躺在沙发上聊天 我们一旁的外国时尚杂志上 正好第二页就是明星的照片 她说 我不知道明星怎么会喜欢上我 有一次 我问明星 结果那个笨蛋说 Because you are a good person （因为你是个好人）

说完 她笑得很幸福的样子

之前也有人问我 你喜欢我哪一点 我支支吾吾怎么也说不上来 我不想用 善良 好看 诚实 聪明这些肤浅的词来描述我喜欢你的原因 于是我只是摇摇头说 我也不知道

我们分分合合快两年了 很多一起经历的事情我也记不清了 但是有两个场景一直历历在目 一次是 我们在你爸爸的农场 你妹妹Pip也在 那次是我第一次去你小时候的家 Pip开车 我看到你生长的地方 你的房间是在二楼的阁楼 有倾斜的房顶 傍晚我做了牛排 饭后我们在院子里喝酒 山下是映在晚霞里的迷人风景 一切变得很安静 只有鸟叫 和远处汽车驶过的声音 然后你说 小的时候 爸爸总是工作到很晚 每次你躺在阁楼里 都一直在等他 听到他车子开上山 碾过石子的声音才能睡着 Pip说 That's sweet, you should tell dad that （真贴心，你应该告诉爸爸）

你忽然尴尬说 我才不会告诉他这些

还有一次 我们分手和好以后 你妈妈叫我们过去吃饭 回家的路上 我问你你姥姥还好吗 我第一次去你家的时候 你的

妈妈和姥姥对我特别地热情 姥姥夸我长得标致 还特意从房间拿出一本介绍中国的英文书要送给我 我很喜欢她 然后你告诉我 她最近不是很好 妈妈怕她一个人在家危险 把她送到家附近的养老院 她听力越来越差 也记不清我了 上次我去看她的时候 她竟然叫我Bob 她生病了 经常会觉得疼 我妈妈心疼她 告诉她说 只要告诉护士她特别疼 护士就会给她开类似于drug（药）的止疼的药 不过我姥姥怕麻烦别人 每次护士问她怎么样 她都说 我很好一点都不疼 你讲着讲着 眼睛就红了

我一直记得 这两个情景 你说这些事时的表情和语气 我觉得明星不愧是明星 一语道破我喜欢你的原因

我喜欢你 因为你是个好人

You are a good person.

[2012年1月11日 我只能告诉你一部分]

最近我又开始忙得焦头烂额 每次紧张的时候 我都会make a list（列清单）

1 和Echo的新专栏 《放课后》和《安森厨房》 新绘本

《最小说》专栏一周内交

2 去post（邮政） 交水电费 打电话给Three（电话公司）要回他们多扣的钱 给小炫还有给我寄奈良新书的出版社 寄明信片

3 整理申请台湾签证的资料 整理去新西兰的资料

4 曼周六到 收拾干净她的房间 买床

5 JunJun 周日婚礼

6 小托姐姐Mel生日 / 陪小托去 养老院看他姥姥

7 帮妈妈同学的儿子的儿子买奶粉寄回国

……

[2012年2月4日 还是顺利take off（起飞）了]

深夜十一点钟 拖着旅行箱去机场 坐香港转机的飞机去

台湾 我把去香港台湾 的机票给编辑看的时候 卡卡说 哇 尼尼我们在香港坐同一班飞机去台湾 太好了

在机场check in（登记）的时候 我和柜台的服务员说 请帮我安排靠前面的位子 飞机每一节最前面的座位空间比较大 能伸开脚 通常地勤会安排这里的座位给带小孩的旅客

算是要到了前面的位子 结果旁边就坐了一对带小孩的夫妇 我一上飞机的时候有点困 系上安全带以后就睡着了 再醒来的时候 飞机已经到了平流层 机舱服务人员开始送餐 我把扶手里面的小电视拉出来 一边看外国一个造房的电视节目一边吃东西 吃完饭以后身边的妈妈就开始逗小孩玩 那个小孩子很吵 他妈妈童声童气地和他玩比他还吵 我一边看电影一边默默地想 以后我有了小孩 一定好好和他说话 用正常的口吻

就这样吵着 颠簸着 我一晚上没睡 看了三部电影 几个专题片一会儿书 吃了两个苹果 飞机在早上 抵达了 香港

我要在香港机场等四个小时 所以就开始逛逛 之前小青和我说因为汇率关系 如果在香港用银联卡买东西很合算的

我买了几件衣服 路过卖表的地方停下来看了看 这个时候一个阿姨 操着TVB（香港电视广播公司）里亲妈那样的口音问我是不是 想买表 我说不是 我就看看 然后她说机场买表很便宜的 她问我喜欢哪种表链什么样子的表 一边说一边拿出几块就要给我戴上 我想着 反正也是闲着就看看 然后戴了几块以后 选了一块 我说这还不错 她说是呀 这块是这个牌子手表里性价比很好的一块 她说男孩子总要有块好表的 我有点动摇 问了下价格 结果想逃走 我说这个太贵了 我戴手上这块卡西欧五年了 几百块也挺好的 她说你等等我去问问老板 因为试了很久 阿姨也很热情我不好意思走 结果一会儿以后那个阿姨回来 说她被老板说了一通 不过还能给我便宜一千五港币 我装作镇定 想着卡里可能也没那么多钱 刷不出来我可以有借口走掉（国内银联卡我很久没用了 不知道里面有多少钱）也实在不好意思走掉 于是硬着头皮刷卡 听着小票打印出来的声音 阿姨说小伙子你一定会喜欢的 我谢谢她给我的价格 她帮我调好时间我直接就戴上了 一看还有两个小时心想不再逛了 老老实实去gate（登机门）等着 结果在椅子上又睡着了……起来以后赶快摸摸手表 看看还在不在

[2012年2月初 你好 台北]

不知道中国别的大陆家庭是不是这样 反正我们全家对台湾都有一种 特别的情愫

我很小的时候 我爸爸有一次出差坐飞机 那个阶段有劫机的 我爸爸就赶上了 结果飞机被迫停在了台湾 好在大家都平安 旅客们在台北住了一晚上 当时是冬天 我爸爸晚上的时候 偷偷打了辆出租车 在台北市内转了转

回来以后 跟我和妈妈 美其名曰 “冬季到台北来看雨”

飞机上 / 机场 / 出关

可能受他们影响吧 飞机快要降落台北的时候 我心里忽然有很多情绪 激动得眼眶都要红了

之前我去香港的时候就没有这样的感觉 只是觉得很兴奋 又有好吃的又有好玩的 我觉得香港更像是有钱的远房亲戚家的小孩 他彬彬有礼也有趣 一起玩得开心 但亲近不起来

台湾则像失散多年 素未谋面的亲兄弟 真要相见了 心里很多不安紧张 却又知道无论如何都会喜欢他就对了

我们出关的时候 小西跑过来说 刚刚他看到光良了 我说哪里 我大学时候和Owen都很喜欢光良 小西说光良已经出去了 我当时觉得好可惜 我说你应该当时就告诉我的

后来我们排队出了关 领行李的时候小西和我说 你看就是那里 我一看 光良一个人 穿着羽绒服在比较远的地方等行李 他戴着墨镜 我鼓起勇气跑过去和他打招呼 我语无伦次地说了类似我很喜欢你 之类的话之后自己觉得尴尬就走开了 他可能觉得莫名其妙吧

然后出机场的时候 又看到林依轮 我心里感叹 在台湾真的很容易看到明星啊

火车站 / 马太鞍 / 阿兰的家

我们在宜兰苏澳火车站 搭乘火车去花莲 我觉得台湾和日本 街上广告的字体颜色很相似 经常让我有一种走在日本街头的错觉

到了台湾就觉得什么都好吃 在等火车的时候 小四 小西 李安几个人都买了吃的 我每个人的东西都尝了下 觉得开心 下雨也没有影响心情

在火车上小西 李安开始拍照 车厢里人不多 但是很多人都往我们这边看 我和小四坐在一起 小四应该早就适应了这种阵仗 非常自然地让他们拍 我心里很尴尬表情上还在那里装酷

出了花莲火车站 门口有很多卖水果的小摊 樱桃 莲雾 火龙果 苹果……都水灵灵的 我想起来之前Simy和我说 今年是龙年 要多吃火龙果会火 看到水果摊还有卖红色果肉的火龙果的时候 我立刻买了一盒 一边吃一边想 今年是要多火啊 哈哈哈 小四拿了一个和他脸差不多大的水果 问我们这个是什么 我们都不认识 后来水果摊老板说 这个是枣 当时我们都很惊讶

这个时候 我看到广场对面有卖槟榔的 好奇心一下子来了 因为之前看书 电视节目上 都有说槟榔西施 嚼槟榔什么的给我的印象都是地痞流氓吃那个的 但是又说不好一个小小的水果 怎么给我留下这个印象 于是就打算过去买来吃 小四和落落也跟着过来 卖槟榔的不是西施而是大叔 我买了一包槟榔看起来很像橄榄 外面用叶子围了一圈 我吃了一口 嚼了一两下就吐了 完全没有什么味道 里面包的石灰还有种发涩的口感 落落嚼的时间长一点 嘴里都变成红色了 后来她吐了出来 口水也成了红色 李枫嚼的时间最久 我记得他好像说有

点醉了的感觉

后来我们到了马太鞍 马太鞍是阿美人的部落 阿美族是母系社会 也就是说女生说了算 我们来到一个村舍叫作阿兰的家 我们坐在像小教室一样的厅里 听阿兰介绍当地的风俗习惯 他说在阿美人男人都是为女人服务的 如果哪家生出了个男孩 父母就抱头痛哭 如果生了个女孩 就会载歌载舞 男生在十五岁的时候会有一把属于自己的刀 如果结婚以后 女生把男生的刀扔出家门 就相当于男生被休了 他们相亲的方式也很奇特 仪式举行在情人之夜 男生们都会挎一个布包 穿着很简单的遮羞布围成一个圈子跳舞 如果女生看上了哪个男生的话 就可以上去把他的布包拿下来 男生就必须和她成亲 男生和女生成亲之后 男生的所有财产都属于女生 阿兰问我们 听起来是不是很疯狂 我心里想 这样不是挺好的吗 男生就应该对女生好 我觉得我这个性格还挺适合母系社会的

阿兰接着说 尽管阿美人的男生感觉很窝囊又受气 其实阿美族是全台湾最有幸福感的民族 阿美族的男生晚上上床睡觉前都会和妻子说 我爱你 我当时觉得好浪漫 正感叹的时候 小四推了我一下 指着书桌底下刻的一个字 “哈……” 我们俩看了一下 找到一种莫名的笑点都乐了

阿美族的人都很聪明 而且他们的生活方式很环保 比如他们捉鱼 会设计一种生态环境 最上面是水草 中间是树枝搭建的铺子 最底下是竹筒 阿兰说因为最上面一层有水草 整个这个建筑又很吸引人 所以很聪明的有鳞片的鱼就会在这个地方聚集 流连忘返 时间久了它们的排泄物掉到树枝那一层 于是一些胆小的小鱼小虾就住进那一层 有一种天然的保护 还有上面掉下来的残屑吃 小鱼小虾死了以后就掉到最下面竹筒那一层 于是就吸引来了 没有鱼鳞的比如泥鳅 黄鳝之类的鱼 它们不喜欢光 觉得躲在竹筒里最安全了

于是这样 一个小小的巢 让阿美族一直都有鱼和虾吃

就在阿兰介绍养鱼的时候 痕痕似乎发现了什么 她跑去厨房后面 过了一会儿招手让我过去 原来厨房那里在用炭火熏烤一只鸡 味道香极了 痕痕走过去揪了一块肉 回来我们俩分着吃 可能是我们都饿了 或者因为这个是原汁原味的野味 好吃得割耳朵都不知道 痕痕还要去吃 我拉住她 尽管我嘴里也是口水 但我说被老板娘看到会揍我们的 于是把痕痕拉回去池塘那边 可是过了一会儿痕痕又没了身影 估计去吃鸡了

我们吃饭的时候 痕痕有点害羞地问阿兰说 你们这儿是不是有烤鸡啊 阿兰说烤鸡没有了 痕痕想了下 羞涩地说 厨房

那边不是在烤一只吗 我们能买下来那只吗 阿兰说 那只是别的团队订的 痕痕点头说哦 我心里为痕痕捏了把冷汗 不过又想 痕痕是女的 阿兰应该也不能把她如何

吃完饭以后 我们去后院逛 后面的湿地里 有很多的荷花 阿兰说到了夏天 这里晚上有很多萤火虫 非常美 我看到一种长得很像芋头的植物 我对芋头叶子那样的植物有种莫名的好感 这棵又格外大 几乎要到我胸部了 我蹲在底下让李安帮我拍了照片 后来我看到那张照片 觉得自己很像青蛙 临走前我趁大家没注意 偷偷爬到 举行情人之夜活动的那个场地里 偷偷地双手合十许了个愿望

凤凰 / 钓虾 / 台北故宫博物院

之前在香港书展的时候 我就有见过台湾出版社的桂总 那时候我们一起吃饭 他说有机会你们来台湾 我安排你们见凤凰

终于在一个雨天 我们踏上了参观 凤凰之旅 那天天气很不好又冷 我们先坐了火车又换小巴士 来到一个山上的 …… 怎么说呢 像是一个废弃的动物园 整个布局和气氛让我想到《生化危机》那一类的电影 养凤凰的师傅看起来很硬朗的

样子 但是他很严肃也不笑 发给我们每人一个口罩 又在门口的池子里放了消毒剂 让我们蹚水过去的时候 消毒鞋子

被他这么一弄 我好奇心完全被勾起来了 我们往里面走 一路看到很多禽兽 孔雀 山鸡 还有些不知名的鸟类 边走师傅边介绍说 大家都要把手机关机或者静音 等下不能拍照 不要大声说话 走到动物园深处的一个大笼子前我们停下来

稀稀拉拉地下着雨 笼子里有几棵树还有一个架子 顺着师傅指的方向 我看到一只孔雀那么大 类似于野鸡那样的鸟 在我印象里 凤凰应该是非常华丽的 如果孔雀的感觉是民谣 那凤凰应该是R&B（节奏蓝调） 加jazz（爵士）加歌剧的效果

这里的这只凤凰羽毛是灰色的 尾巴也没有很长 师傅说如果拍照的话 即使不用闪光灯凤凰也会知道 然后会死 有一次他好不容易才把凤凰抢救回来 他还说凤凰为了不让自己被别人发现 掉落的羽毛它都会自己吃掉 所以凤凰的羽毛很金贵 不过他养凤凰花了很多精力和资金 结果拍照也不行 羽毛也拿不到 于是有一天他很伤心地在笼子面前埋怨凤凰说它不懂事 这时候 凤凰叫了几声 回头叼下一根长长的羽毛 甩了出来 这个时候 我觉得已经有点玄乎了 觉得师傅想太多

后来我们在师傅的带领下 又看了一些其他的珍禽 有一些非常美丽 而且觉得师傅确实把它们养得不错 这时候对师傅的信任又多了几分

最后他带我们去一个小型博物馆 应该也是他的工作室 他拿出来一根灰色的羽毛 说这个就是凤凰的羽毛 如果是一整根的话 价值不菲 这根是凤凰吃到一半的时候他从凤凰嘴里抢下来的 让我们摸一摸是多么的有立体感 还说 无论你把这个羽毛分得多碎 只要一捋它们就又连到一起了 说到这里我在心里嘀咕 拿根鹅毛一捋也连到一起好吧 我走到小四身边低声和小四说 我觉得这个人想太多 小四笑了下 没说什么 可能是我不识货吧 至于到底是不是凤凰 也就是个谜了

钓虾那天 有我 落落 痕痕和李枫 老板娘给我们每个人一把小刀和一些鸡肝 虾米做饵 一人发了根竿子 我们坐下没多久 旁边就来了个台湾的大叔 对面来了两个外国女人带着一大一小两个男孩也来钓虾 大概不到五分钟 我的鱼漂很明显动了 我一提 钓到一只很大的虾 我尝试把钩子拿出来 可是被虾的钳子夹住 当时一紧张 直接把钩子拉出来了 痕痕在一旁一边看一边喊 后来她说 安东尼你好残忍啊 陆陆续续地 落落痕痕 李枫都钓到虾了 痕痕和李枫不敢拔钩子 我帮他们俩 拔得多了找到了不会被虾钳子夹到的窍门 不过我们钓上来虾

的频率很低 我旁边的台湾大叔 没多久就能钓上来一只 我恨不得把我的线下到他那边 这时候对面两个小男孩 年纪大一点的已经钓上来一只虾了 各种开心的样子 弟弟就很着急 没多久就起竿看看 一直都没有虾 然后他开始很认真地看着水面 我和痕痕在这边看得也很着急 痕痕和我说你看看他那个线是不是动了 是不是钓上来了 我看看 好像真钓到虾了 可是那个小孩似乎没有察觉 还是老老实实拿着竿子 痕痕说 你去告诉他一下啊 我说算了 不好意思 没多久他妈妈似乎看到了让他把竿子提起来 钓到虾 小男孩很开心的样子

我们三个钓了十只左右的虾的时候 时间快要到了 准备去一边的烧烤区域烤虾 我们站起来说着去吃虾的时候 忘记谁说了句好少都不够吃 这时候台湾大叔很热情地叫我过去把他的虾都倒给了我们 我们一直说谢谢 我和痕痕说他可能看上你了 痕痕嘴一撇 冷笑了下

烤虾之前 我用竹扦子 从虾尾巴 一直穿到虾脑袋 痕痕看了说 安东尼你好残忍啊 我心想厨师不都是这样嘛 放了油盐胡椒 在烤炉底下烤 我和落落叫了啤酒 虾子很新鲜也很好吃

傍晚时候去了台北故宫博物院 之前我看过台北故宫的

书 对台北故宫有一些了解 也很期待 但是真的去了 小四和落落不停惊叹的时候 我也没觉得怎样 可能我文化素养不够 印象最深刻的就是在定窑瓷盘下 看到乾隆的诗 “因思切已戒敢忘作君难”另外最开心的就是 见到 《快雪时晴帖》本人（应该是本人吧） 我觉得这个字帖写得很有正气 又潇洒 非常handsome（帅气的） 内容也好 快雪过后天气放晴 一切都好 希望你也好

我买了《快雪时晴帖》的 明信片寄给大连的妈妈

鹿港小镇／W酒店

在鹿港小镇的时候 因为之前骑车遇到下雨完全湿透 临时买了一条运动裤 运动裤粗得连大象腿都能放进去 在鹿港小镇 正好有祭奠 三太子排成队往前走 敲锣打鼓的 觉得很肃穆

放完鞭炮 我们去天后宫里拜拜 看牌位的名称 应该是道教 我和痕痕都买了一把香 我觉得这个庙里面 至少有一百多个牌位 正拜着的时候 小四走过来说 这里面连月老都有 本来我很认真地一个个拜过来的 被他这么一说 我就心不在焉了

恨不得飞奔到月老那里 终于找到月老 我刚进去 就有女生也跟着进来 于是我觉得很不好意思 站着拜了拜就走了 走到天后宫门口的时候 我觉得不对 不能这样 就算不要脸了 月老我也得好好拜拜 于是我又走回去 也不管那里有人 扑通跪倒在地 心里想了愿望 投了一张大面值纸币进去 拿了一根红线出来 落落说 她听当地人说 这根求到的红线 绑在手腕上 等红线自然脱落 丢了的时候 就是姻缘要来了 我自己系了下 晚上吃饭的时候就掉下来了 我心里想 有没有搞错啊 姻缘怎么可能这么快就来了啊 于是捡起来 让李安帮我再系 李安很细心 系得非常认真 结果晚上睡觉时脱衣服 又掉了 于是我就放弃 把红线放到钱包里面了

回家那天 小四小西他们先走了 我直接飞大连 下午才走 于是打车去W酒店 因为我之前在 上海外滩的维斯汀酒店做过 行政酒廊的工作 Westin（威斯汀） 酒店和 W酒店 都是喜达屋旗下的 而W酒店的风格很独特 我一直想去看看

到了酒店 坐电梯去了顶楼的中餐厅 在靠窗的位子坐下 看了菜单 觉得价格不菲 一碗牛肉面就要一百左右 于是我没点别的就要了一碗牛肉面 一边吃一边看着下面 下面有破旧的房屋 也有帅气的大厦

我喝一口汤 又吃一口面 满满的故乡的味道

我想台湾人这么喜欢吃 台湾小吃这么出名 很可能因为这里面有家的味道吧

那些关于文化 饮食 礼仪上的传承 他们做得很好 也可能因为 那里面都有家的味道吧

吃完面 收拾好行李 叫了出租车 我也准备回家了

[2012年2月7日　三个火星年]

坐在W酒店顶层的餐厅里 我在想一些事

人们经常说 it will get better（一切都会好起来） 我觉得也不一定 maybe it will get worse（也许会变得更糟糕） 不过我相信 it gets easier（变得更简单）

[2012年2月9日　有时候 我特想用刷子刷刷头发 / 回家了]

I like this part — when you look at someone and they don't look away.（我喜欢这部分——当你看着某些人时，他们没

有移开视线。）

[2012年2月14日 冰点与沸点]

情人节这天我和Owen 一起在大连吃了火锅 后来我们俩一起去看了电影 *Love*（《真爱》） 我和欧文说 你对我才是真爱啊 他笑

回家以后 妈妈就一直给我做好吃的 我的舅舅 老姨家的四个表弟也特意来大连看我 大舅家的弟弟鹏 在读医学院本硕连读 老姨家的弟弟大开 已经在一个汽车工厂上班是设计师 小舅家的弟弟佐在我爸爸单位的工地做测量 二舅家弟弟楠最小在农业大学上学 给妈妈带了在花盆里就能种的向日葵种子

第二天我带着 四个弟弟去外面买东西 我说每个人可以消费一千五 买什么都行 球鞋 衣服手表什么的 开始的时候弟弟们都说不用了 就一起出去吃个饭好了 说我自己一个人在国外赚钱也不容易 我说还好了 不用客气 后来带他们出去 我们几个平均个头也有一米八了 一起往外走 老姨和妈妈在阳台的窗里往下望 一脸满足的开心笑容

我和弟弟们分了两辆车去市内 后来给鹏 和佐买了衣服鞋子 大开说他不要东西 要我帮他付一个月房贷 我说那个算了 不像回事儿 他说 那这次就攒着下次一起买个好的 楠问我要一双旱冰鞋 我说要这个做什么 他说学校太大 可以滑着去上学 我说那你上课还要换鞋很麻烦 他说不用就穿旱冰鞋上课 我心想…… 这样不好吧 我弟弟会被排挤吧 然后就说不行不实用 选个别的 然后他想了想说 那我要一个什么什么牌子的筷子 我问那个牌子的筷子哪里有 他说网上有 几千元一双 我被打败了 说你走得太远了 哥哥不懂你 要么你也等下次 买个大的好了

晚上我们去南山宾馆吃日本料理 几个兄弟围成一圈喝了很多酒 大开说我小的时候总是欺负他 说什么带着他练武功 逼着他翻墙 跳沟 为了增强他的内功 把他放到幼儿园的转盘上 一个劲儿地转 害得他一下来就吐了 鹏还说了之前我带他和大开去北星游乐场打电动的事 说我每次都把游戏币分得很公平 还会多给他们俩一些玩 后来弟弟们总结 每次放假从沈阳 或者瓦房店来大连 我都会把行程安排得很好 每天都有得玩 尽管也会打架 但是只要放假 就无论如何又想来了

后来大家都有点喝多了 我举杯说 以前年纪小 只是一起

瞎玩惹祸 现在年纪大了就能体会到兄弟间的特殊情谊 一想到这些弟弟就觉得很踏实 然后大家都干了杯

[2012年2月27日 卷福与他的阿花]

来到上海参加 刀刀 庆庆的婚礼 之前在日本商店给他们挑选了一套吃饭用的碗 用衣服一个个包着 放到行李箱里一路来到上海 一进去大厅 公司的人基本都到齐了 刀刀上来迎接我 她那天美极了 我把东西给了庆庆 坐了下去 其间阿亮痕痕 小四 落落都说了话 我埋着头吃 这时候 小四忽然说 安东尼也说两句 我毫无准备 走上去拿着麦克风 想了想然后紧张地小声地说 刀刀和庆庆都是很好很好的人 之前在上海承蒙他们俩照顾 今天能来参加他们的婚礼觉得很开心 我觉得结婚是一件很不容易的事（开始自言自语了） 个性生活习惯不同的两个人 走到了一起 以后每天都要在一起 经历很多事情 有开心的也有不开心的 能当着亲朋好友的面这样承诺他就是对的人 以后我们都要在一起 在我看来有点幼稚 又天真得不切合实际 同时又单纯美好让人感动 （这个时候 意识到自己刚刚神游了）……（沉默） 刀刀和庆庆都是很好很好的人 他们结婚以后一定会很幸福的

我回到座位上 一边大口吃松鼠鱼 一边想 damn（该死）刚刚说得好糟糕啊

[2012年3月4日 我愿意我是故意的]

一个人 是在相信的时候比较勇敢还是不信的时候呢

[2012年3月8日 有时候 有时候]

有时候 我会放下百叶窗帘 偷偷看对面 三楼的男生 女生做饭

有时候 我会一边淋浴 一边往下水道撒尿

有时候 我很诚实 有一说一 说一不二

有时候我 明明很想你也不说 当你发 How are you 的时候我也不回 在心里纠结了一天睡觉前 才回复一条 I am OK（我还好）

[2012年3月12日 100% pure New Zealand（100%纯新西兰）]

去年 在上海的时候和肖仙人一起吃饭 他和我说他在新西兰的旅行 他说新西兰美得 不真实 去到那里以后整个人都

一下子变得简单起来 他给我看他蹦极的视频 我说我也想去玩 上次肖仙人过去玩是新西兰旅游局赞助的 那时候肖仙人在一个杂志社工作 他们和新西兰旅游局有合作

肖仙人和新西兰旅游局上海区的Echo（也叫Echo 呵呵）是好朋友 他说我可以引荐一下 反正你也在墨尔本 去新西兰很方便 你会英语也有国际驾照可以自驾游不用导游一直跟着 安排你的行程应该不难 我看看能不能安排你们合作下 我问我都要做什么呢 他说也不用做什么 就去新西兰放松地玩 写写你的感受就行 我很期待你会怎么写

后来我就把我的资料 传给了那边的Echo 同时也问她能否安排我家Echo和我一起去 后来我们邮件联系 也见过几次面（好喜欢她） 三月份的时候那边Echo和我联系 她说 安东尼 你们的行程安排好了 你和Echo一起 十二天自驾游 往返机票你们要自己买好 到了新西兰以后的行程和所有安排都写邮件给你了 还有什么问题随时和我联系 Have fun in NZ（在新西兰玩得开心）

这个时候 我因为房子到期 买到的新房子还没下来证 临时住在Echo家 于是我们俩一起申请了新西兰的旅行签证 听

说要自驾游 我开车 Echo很自觉地 给我们俩买了保险

[2012年3月18日 《坂道上的阿波罗》]

我和曼三月初从city的公寓搬出去 她在学校附近找了房子 我就临时搬到Echo家 Echo家有个小房间是空的 可以临时住一下 曼来墨尔本之前我给她买了张单人床 因为那时候我刚发工资 所以在网上给她买了张很贵的床 原价一千六百美金打折之后也要将近一千美金 当时她告诉我她喜欢软的床垫我就特意买了最软的 本来打算她搬家的时候把床 床垫一起送给她的 结果她租的房子有家具和电器 所以我就把这个单人床拿到Echo家自己用 我是喜欢睡硬床的 这个床垫很软睡得我 腰酸背痛 有一天起来很不舒服 爬到床尾看手机 看到你的消息 你说你出车祸了 你开车的时候滑车翻了 Pip被送到医院 我赶快从床上跳起来给你打电话

电话里 你有小孩子做错事又故作坚强的口气 我问你好吗没事吧 你说你没事 我问Pip怎么样了 你说被送医院了 还不知道 你现在和你爸爸在去医院的路上 你说那辆车报废了我说 我很开心你没事 希望Pip还好 需要什么帮助的话 给我打电话

挂了电话 我就给你发消息说 晚上去你家找你 你回复说好

下午早早就出门理发 买酒 烧鸭 炒饭 你开门我进门后就紧紧抱住你 你说疼疼疼 原来你尽管没受伤 但是翻车以后还是浑身酸痛 我们一边吃饭一边看电视 你说Pip没事了已经回妈妈家住了 还说谢谢你过来 这其间Pip还打电话过来 你说我挺好的 Anthony过来陪我了

本来都挺好的 后来我们要看电影 这时候我才看到别人留在你家的DVD包 我问你这是谁的 你闪烁其词 我也不想逼问只是心里觉得难受 后来我们看电影的时候你试图和我说话 我也没理你 当时我真的觉得自己很蠢 想回家 可是我又担心你晚上会有问题 之前听说出车祸以后 两个人 一个人受伤一个人没事儿 结果晚上没事儿的人反倒内出血被送到医院你问我 你怎么了 我说没事儿 后来你说累了先去睡 我把剩下的酒都喝光了 光脚出去走了一圈 去了之前想在你家附近买的那个公寓 一年过去 它还没建好 也去了我们之前一起坐过的广场 那时候我要离开你死活不让我走 稀里糊涂地往回走路过一家盖房子的空地门口 门前有塔形红白相间写着STOP的路标 稀里糊涂地拖着它往回走 路牌被拖着在马路上发出噼里啪啦不情愿的声响 我把路牌放到你家门口 进去睡觉了

第二天一早起来 你还在睡着 我很口渴 起来穿了衣服 你醒了 我问你感觉怎么样 你说浑身更酸了 不过没有别的事 我说好的 我走了 再见

打开门 太阳直射到眼睛里 刺眼 那路牌清晰地映入眼帘 STOP 它说 我在心里想着 这一别不知道要什么时候才能见面了 然后坐上了回家的车

[2012年3月20日 一年太长 喝好先]

本着 动土造房 订婚结嫁 远行出门都要跑到豆瓣嘀咕嘀咕的原则 几个月没更新的我 戴着面具 赔着笑地回来更新了

先简单介绍一下过去几个月发生的事

去了一次台湾 一日五餐的标准玩了十天 其间去了花莲 台中 台北……去了原住民家里 看了日月潭 还瞻仰了“凤凰”

然后 回了大连 也住了半个月 早睡晚起 欧文正好也回国在大连 他弄了辆别克轿车开 因为我们俩在大连都算无业游民 所以两个人像 暴发户加文艺青年 一样 每天早上他开车来

接我 然后我们俩去洗浴中心洗个澡 然后去吃点硬菜 下午喝喝咖啡 喝喝茶看看海 晚上吃火锅看电影（话说 去洗浴中心 大连的洗浴中心装修得跟宫殿一样 金碧辉煌的泡澡的区域上面还装饰着蓝天 伴随着一闪一闪的星星 我这种 五六年没进过大众浴池的人 当时想这么大的地方 这么多服务员 他们怎么能赚钱呢）

在上海住了九天 本来想 飞墨尔本前三天去的 正好刀刀庆庆结婚 就提前去了几天 上海有一帮做美酒美食的伙伴 所以整天好酒好菜 加上不运动 肚子稍微有点起来

接下来说点正事 因为新西兰旅游局的邀请 我和Echo三月末准备去玩一周 上次在墨尔本租的房子3月14号到期 于是我和Echo还有她老公Bob商量 干脆搬到她家来住一个月 等从新西兰回来以后再找房子搬出去 他们俩说没问题 师傅和胖胖来帮我打包 小托和Pip帮我搬家 搬家前一天我买菜回家的路上 看到有房屋中介公司的人在收拾看房的牌子 打听了一下 原来我家这个公寓四楼有间房子在卖 我要了一张宣传单 回家研究 给Echo打了个电话 觉得很不错 于是我就跑去四楼敲门 我和房东说 我住六楼 明天搬家 看到你的房子在卖 我知道看房的时间过了 不过我能进来看看吗

那女的说 没问题 你进来吧 这房子大概九十平方米 两室

两卫 层高4.1米 还有一个车位 每个房间都有大落地窗 采光很好 看了以后我挺喜欢的 后来我问了一圈朋友 大家都觉得这房子不错

一百多年的老房子 还是拿过奖的“文物”建筑 靠近菜市场 地铁公园

房子对我来说不便宜 尽管这几年出书赚了点钱 不过花钱大手大脚的我并没有多少积蓄 凑了下手里的钱 如果付首付的话 还差个二十几万 这几天都在算钱的事情

同时 也在咨询卖房子的朋友 比如Bob Als 牛超 还有大龙

后来我和我妈妈爸爸打电话 给他们看新房子的照片 我爸爸问我钱够不够 我说我不知道 房子是竞拍 不知道价格会涨多少 不过按照我现在愿意出的最高价格我还差个二十多万

我妈妈看了房子 说儿子能住到这样的房子 妈妈想都不敢想 妈妈还说 你要不要买个再便宜一点的 妈妈不想 让你压力这么大 你爸爸像你这么大的时候 咱们全家也就三千元钱

其实 之前网上经常看到有人说 我是富二代 其实我觉得我家条件不差 但是算不上有钱人 妈妈是小学老师 爸爸是老老实实的会计师 家里攒的钱 我出国的前几年没少花 后来我

赚了点钱 汇给家里 妈妈也都给我攒着 在大连买了个小公寓 用那个钱给我付了首付

妈妈说 她觉得惭愧 儿子想买房子她也帮不上忙 我说 你千万别这么说 我已经觉得很幸福了 你和爸爸几乎对我的要求都 想着各种办法满足 剩下的钱 我想办法凑一凑 实在不行的话 就算了 就是和这个房子没缘分 我妈妈说 也是 妈妈说你呀 平时花钱不节省 租房子 买衣服的 你说你如果省点花现在是不是也不用着急了 我说 妈咪所言甚是 以后我会注意

今天早上 Bob帮我要到卖房子中介那里的合同 送去给他们公司律师过目

中午收到爸爸的电话 他说 儿子爸爸昨天跑了几个银行托朋友做了贷款 给你准备了二十五万 这次房子能买到最好买不到在澳洲把这笔钱存起来

我 当时 鼻子有点酸 说爸你怎么这么为我担心啊 我上次就是说说 再说房子还没买呢 如果没有人和我竞拍的话 说不定 我自己的钱付首付就够了 你怎么还去贷款啊 我爸说 我不是怕你上火吗 再说 你一个人在墨尔本 一次次搬家的 爸爸觉得你很辛苦 这笔钱爸爸拿到的利率不高 利息爸爸先给你还着 等你出新书了 可以把本金还了 你不要有太大压力 现在爸爸妈妈也就能帮你这么多 祝你好运

（后来 我给妈妈通电话 妈妈说 爸爸昨天为贷款的事出去跑了一天 还因为转账时 汇钱到了信用卡账户 损失了一千元 她心疼 还把爸爸说了一顿）

就这样 我来墨尔本六年 做过六份工作 出了三本书 换过八个房子 这次终于可能有自己的房子了 尽管房子还没买到但是已经每天晚上兴奋得 开始想象如何装修了 果然还是很传统的中国人 把房子的事情看得如此重要 觉得有了房子人生才会安定下来

现在只能默默祈祷 拍卖那天 没有什么竞争对手 或者 像我这样志在必得的人 有了好消息 会来这里报告的

大家 春安
安东尼 上

[2012年3月22日 你怎么长得那么好看]

昨天家里给汇款 妈妈上午有课 说是下午去 我中午的时候忽然想到 从中国账户往国外汇款一年每个个人账户不能超过五万美金 然后就打电话回去工商银行问 果然是这样 而

且还有个问题 国内转账要三天才能到账 加上周末 我可能周一才能取钱 可能就来不及了

上网查了下 找了个墨尔本的换汇公司 打电话过去说当天就能到账 让我去city 他们的办公室开个账户 我也是被逼得没有办法 而且妈妈那边还一个劲儿发消息问我怎么办 要不要找爸爸来 两个人分开给我汇 我和妈妈说 你先别找爸爸来 我有办法的 等我给你回电话

接着就和Echo 出门了 我们今天约了从香港过来的 电影制片人 外面下着大雨 我们俩撑一把伞走到海边的餐厅 Amy和她侄女没多久就来了 Amy很亲切给我们带来了香港出的《红》 她侄女是写美食专栏的 觉得人也很有趣 我们聊了大概一个半小时 说了说书 绘本 喜欢的导演还有独立创作音乐的歌手 我很喜欢Amy 觉得作为一个很有名的制片人 她很有人味儿 她说了机缘巧合 读到我的书的经过 大家都挺开心的定了周五再见

告别之后 匆匆来到city 去那个公司看了下 觉得像香港片子里会出现的那种 公寓里放高利贷的典当行 他们问我要了资料 给了我一张信息卡 还有两个国内账户名字 说把钱分

两笔打到这两个账户就行 然后用信息卡上的内容 登录他们的客户端就可以进行货币交易了 而且我可以当天就把钱汇到自己账户 还说有两份说明书会发到我的信箱里 我听得云里雾里 她继续说 给你的这两个中国账户 只是今天用的 如果你家里今天没有给你汇款 要明天汇的话 得汇到别的账户 我一看这两个账户的开户行 一个北京 一个沈阳 我觉得不靠谱问她 为什么你们的账户总变 她说 因为国内的员工有的时候休假 可能休假一周 这样的话 要一周以后才能查账 我觉得是一派胡言 但是这个时候 国内也要下午三点了 我没办法 硬着头皮给了我妈妈这两个账户 让她汇款进去 我妈妈问这两个账户没有问题吗 别被人骗了 为了让她放心 我说没事是一个朋友的公司

今天一早就起来查钱 发现钱到了换汇公司的账户 也不管汇率 立刻将钱换到自己账户 一换发现 换汇公司账户上的钱没了 再查自己账户 也没钱入账 慌了 给换汇公司打电话对方说 要今天晚上或者明天一早才能到账 我问 不是说好当天到账的吗 她说 即使明天你看到这笔钱 也会显示今天到账的 银行就是这么操作的 我说了谢谢 挂了电话后就开始担心怕他们是个皮包公司 连夜公司都换了地方 越想越害怕 每隔十几分钟就刷一下 网上银行 就这样一直到了晚上 这笔钱终

于到账了 终于踏实了我

给爸爸妈妈打电话 告知钱已经收到

因为下周二就要去新西兰了 要去十二天 我这几天已经开始看家具了 找到小托家旁边一个卖二手丹麦家具的小店选了 沙发 书桌和 coffee table（咖啡桌） 周末去看看 邮件给老板 没想到 老板娘还记得我 她说沙发太大在离墨尔本很远的仓库里 不过随时欢迎我过来看看桌子

下午列了下 房子大概需要买的东西 和改动的地方 一共二十处左右

房子三个房间 都有很高的 玻璃 中间是厅和厨房 两边分别是客卧和主卧 还有两个卫生间 因为我暂时一个人住 初步打算 把房子的地毯都换成地板 厅里留着白墙 买几个北欧那样的简洁的家具 做一个大书柜 卧室墙涂成浅蓝或者暖灰 主卧就弄得像酒店一样 简简单单一张king size（特大号）的床然后放一张看书的沙发 另外的小房间 要功能性强一点 又放一张单人床 又当作写字间 准备用一道拉门隔开

目前想到的就是这样 就等着竞拍了 Echo问我说 那你买

不到怎么办

我说 买不到我就去 旁边公园裸奔

好了睡了 大家晚安

[2012年3月25日 郑板桥的字 真美]

竞拍之前的晚上 很早就睡了 结果 两点起来了一次 看了一集《变形记》 然后 躺床上想 自己真是狗肚子存不住二两油 有点什么事就容易兴奋 脑子里一直幻想 搬进那个房间住的情景 然后就睡着了 早上又起来 一看表才六点 看了个片儿又睡了一觉 然后Bob 和Bin就打篮球回来了 两个人洗澡后就准备陪我一起去拍卖 Echo 我 Bob Bin上了车 孕妇萄早就开着Mini到了 她打电话过来和我们说 已经到了二十多人了 我们一点差十分钟到的

Echo 带着Bin去楼上看房子 我和Bob在楼下等着 我不想再上去看那个公寓 害怕等下拍不到心疼 没过多久大家就都下来了 卖房中介来了三个人 远处站了两个老头 据说是他们老板 中介的一个人开始摇铃铛 把大家聚集到一起 这时候 楼下大概站了三十多个人 那个中介开始讲话 说这个公寓是怎

么怎么的好 还说了些 拍卖的规则 讲了很多以后 拍卖终于开始了 由于Bin 有拍卖的经验 于是叫他帮我喊价 我告诉他 我能承受最高价位是六十五万 叫价从五十三万开始 很久没有一个人喊价 然后有个中年男的喊了五十七万 中介和他说谢谢 然后有个老头和他叫价 叫到五十九万 这时候Bin出击了 想说一下子吓倒他们出了六十一万 这时候第一个叫价的人已经退出竞拍了 没想到那个老头又加了五千 Bin 也加了五千 这时候 那个老头就开始摇头 中介的人 叫拍第二次的时候 Echo 和孕妇萄很激动 觉得这个房子就是我的了 乐得来和我握手 我说低调低调 还不是我的 正在这时候 那个老头又加了两千 这么加来加去的 价格就到了六十五万两千 我们又加了三千 没想到 老头也加了四千 Bin和我说 这个房子不要了 我说再加一千 Bin说不值了再说 已经超过你的预算了 我正纠结 中介喊1 2 3……

然后 大家都在鼓掌 中介宣布房子被 意大利人模样老头子买到 中介走过来和我们握手说谢谢我们（把价格抬得这么高）那个老头看起来忧心忡忡的样子不是很开心

师傅 那鬼 Echo 孕妇萄 Bin Bob 郭一 都过来安慰我

接着我们就去Vic Market（维多利亚市场）吃早饭 我一

直很恍惚 心里觉得难受 之前觉得我的预算已经很高了 没想到遇到这么一个老头 看当天的情况 如果没有这个老头六十万不到我就能拿到这个房子 不过孕妇萄安慰我说 你应该庆幸六十五万六的时候 你没拿到这个房子 否则才后悔呢她老公Bin是个大好人 他和我说 你买房子的事情就 交给我了等我帮你找

晚上和博儿 那鬼 师傅 郭一一起吃的晚饭 师傅过生日大家还在安慰我没买到这个房子的事情 不过这天的意大利面真的好难吃 有种中药味道

吃饭以后 我们又去 师傅家喝酒 师傅家隔壁住了个老外养了两条狗 师傅说那个老外人挺好的 但是她很怕他 郭一说那个老外家里种了大麻 还说他家大麻用灯一直照着 所以他家电费都好几千 师傅说今天一早 外面就有人使劲敲门 一边敲一边喊 yiii yiii 原来他家邻居今天晚上要出门 把钥匙给郭一 让郭一晚上帮他遛狗 喂狗 郭一遛狗喂狗以后 回来 我们喝着喝着 忽然听到邻居家音响开很大声音 郭一说 不可能啊怎么有人了 就过去敲门 原来是 邻居让他朋友晚上过来看房子

我说这老外怎么这么多毛病 就一晚上不在 搞这么多事

情 师傅说 这个老外可神经质了 有一次博儿来她家 那时候邻居家的狗还不熟悉博儿的脚步声 然后在屋子里一顿大叫 然后就看见她邻居光着膀子 拎着把大砍刀就出来了 看到是我师傅和朋友 就说哦 没事儿 没事儿就好 就回去了

我说 这么恐怖 郭一说 不过人不坏 还帮我修过门呢

过了晚上十二点 我手机没电了 打车把那鬼送到家 等我回到Echo家时 Echo竟然没睡 原来Bin 又给我找了一个房子 也是古老的房子 层高很高 Echo很喜欢 Bin约了周一看房 Echo兴奋得一直在等我回来给我看 我看了下也很喜欢

就这样 明天我又去看房子 最近写流水账写得好顺……晚安了

[2012年3月27日 4月7日 Kia Ora（毛利语：你好）]

新西兰旅行一共十二天 去了四个城市 奥克兰 汉密尔顿 惠灵顿 皇后镇 这次旅程很奇妙 感觉像一个梦 以后的专栏会陆续写一下那边的经历

[2012年4月9日 我要买个好看的 鞋拔子]

然后周一我们就去看房子了 由于周二就要飞新西兰了所以并没有抱很大希望 觉得就算看好也来不及买 周日晚上和 Tao Bin Echo Bob去吃了川菜 饭后大家说干脆开车去看看那个房子好了 不能进去在街上看看也行 饭后两辆车 就开到了那个区 这个区我之前不是很了解 不过据说很多咖啡店设计师服装店 电影院 超市 菜市场 十分方便 一路走下来发现真的是这样 而且 路上的人也都很会穿 很漂亮 感觉越来越喜欢

我们在楼下 仰望这个一百多年的建筑 建筑很美总共四层 我们要看的房间是第四层 Tao 和Bin在很认真地揣测哪个是我们要看的那家的窗户 我这次没有很激动 总感觉不太真实 当晚睡得也很好 周一上午十点 Bin Bob 还有Tao 本来都上班的 结果都在午饭前 跑了出来 我和Echo从家走和他们会合

进去房子里面看了 很亮堂 大落地窗 loft（阁楼）形式上下两层 一共九十多平方米 两个房间 衣帽间和卫浴很大 层高有六米 Echo和Tao 都说好 我当时也喜欢但是有点恍惚 本来这个房子要价 五十七万 Bob帮我开口五十六万 说当天就

可以签合同 于是我们十一点去他办公室就把合同签了 给了10%的订金 中介说他去问问房东 因为我要走了 所以签了合同最方便 如果房东同意这件事儿就成了 不同意的话 他把钱退给我 下午Bob 就安排我见了 我的贷款经理 还有合同律师签署了合同提供资料 这样就算我去新西兰十二天 这件事也能进行 晚上Zeta哥哥 牛超给我打电话说 安东尼啊 我帮你调查了这个房子的背景 房子是不错 房东2月份把这个房子拍卖了一次 已经交付了 价格就是五十七万 可是后来不知道为什么没有交接成功 可能拍到房子的人 资金没到位 但是房东应该很着急卖这个房子 （中介和我们说 房东生了双胞胎 所以搬去了更大的房子 估计很缺现金流我想）所以他说 给价格不要超过五十七万 被他这么一说我心里有底了 我告诉了Bob第二天就飞新西兰了

到了第二天晚上 Bob来电话说 安东尼房子买下来了 中介来电话说 房东要考虑下 后来中介打电话过来说 加一点五十七万 房东立马卖 我告诉他fuck off（滚开） 结果 中介又打电话来说 成交了 这样一来 这个房子比我上次看到的那个房子少了十万元 而且房子本身我很喜欢

打电话给家里 还有朋友大家都为我高兴说我命好 这时

候我想到周六竞拍时候出现的老头 当时看他老不顺眼了 现在觉得他就是个大救星 Echo说 他可能是上帝派来帮助你的 他每次和你加价都一脸不情愿 摇头是当时心想 这个二货 怎么还不放手

在微博上告诉大家买了房子的消息 有很多人要看照片 我本来不想发家里照片的 不过想到之前大家那么关心买房子的事 而且 没买到的时候 还来安慰我于是就 发了 发的时候想 肯定有很多人说我炫富 有钱了不起什么的 嫉妒之类

结果 留言有三千多条 几乎没有一条说出这样的话

大家的留言都是 为你开心 / 真好 / 终于买到房子了 好好生活好好写作 / 房子很漂亮 觉得很适合你 / 我也要好好工作住上这样的房子 之类的

我有些惭愧又很感动

惭愧是因为太小看我亲爱的读者们了（不过粉丝里那么多人 必定不都是我的读者啊）

感动因为 看留言真的有一路走来 知己知彼的温暖 留言看下来 鼻子都酸了

目前不准备花大价钱装修了 先简单住上 以后慢慢换吧

最近几天都在写绘本的故事 6月1号上市

下半年 有个丁东老师合作的 关于两个男生一起开了西餐厅的漫画上市

下半年 还准备回学校学学 室内设计 同时在新家 办个私人厨房 每个人收点钱 可以来吃晚餐 甚至可以过生日 小聚会 我还是非常喜欢做饭给人吃的

关于感情 现在不想想太多 新书一定要好好写 家具电器什么的也很操心 觉得每次都爱得那么用力很伤元气 也许爱情也不是找来的 它要自然而然地发生 毕竟人们说坠入爱河 fall in love 没人想跌倒 但是遇到对的人了 you will just fall（你只会跌倒）

Hey you guys. I am going to be fucking twenty-eight very soon. I don't wanna be older, though I think I would just be fine. Even be better. And truly, thanks all of you.（大家好。我很快就要二十八岁了。我不想变老，虽然我觉得我这样也还好。甚至会更好。真的，谢谢你们所有人。）

[2012年4月11日 年年都要过生日]

小的时候 过生日很期盼 还没到日期就一直计算着 那时候大家说 你又长大一岁

现在 一要过生日就觉得头疼 恨不得把这一天跳过去 现在自己想 我又老了一岁

白天收到很多留言 家人朋友读者的 慢慢回复也回复了几个小时 觉得很累

你给我发消息说 生日快乐 Hope you have a great day（希望你今天过得愉快）

我回复说 谢谢

你又问 明天晚上要不要一起看话剧

我忽然很生气 我讨厌你这样若即若离 很久不联系 一下子又热络起来 我回复不了

晚上躺到床上 收到凯文和二妹姐的电话叫我出去喝酒 我说不了我躺下了 今天很累 他们俩就在电话那头吵吵地唱了一整首生日快乐歌给我

我躺在床上 笑了

[2012年4月15日 *Safe & Sound*（《安然无恙》）]

搬进自己的公寓几周后 阴差阳错地认识了 做设计师的

很迷人的豪宅主人John O'Hara

很快我们成了好朋友 我装修公寓的时候 他帮我出了很多主意 很细心地帮我设计了墙面颜色 东西摆设

房间有六米的层高 朝北 从早到晚都有阳光直射 加上水泥地面反射 一直都很明亮 甚至刺眼 John和我说 其实如果把所有墙面都涂成mission brown（源自传道站，带红色底色的暖深棕）那种深咖啡色的话 一定会非常好看

涂的过程中 涂油漆的师傅说这个颜色是七十年代时候很流行的颜色 他涂漆十五年了 没有一家用这个颜色的 一边涂他一边摇头

涂到一半因为房间没有之前那么明亮 又显得很小 我也打退堂鼓 说要涂回去白色 John来看了以后 和我说 相信我 让他们涂完 等你家具一进来你再看 他因为我不喜欢觉得为难 我将信将疑地让他们继续涂下去

结果完工以后 效果出奇的好 因为两边都是黑色 放上家具以后 房间显得很宽阔 又比白色多了很多风格 白天的时候也不会觉得暗

我请他吃饭 喝酒 我知道一些关于他的故事 关于感情方面的 我也给他讲了我的一些事 过去生活中的 曾经书里的

有一天 我在网上 看到了一个故事 我觉得这个故事很John 然后那天晚上喝酒的时候 我把能记起来的大概讲给他听

“从前 兔妈妈有个糖果屋 小兔子长大了 她把糖果屋送给了小兔子说 如果你喜欢一个人 你就可以给他一些糖果

小老虎有一台冰激凌机器 他在大街上卖冰激凌 小兔子喜欢上了小老虎 把整个糖果屋给了他 小兔子妈妈知道了 说傻孩子你怎么一下子把整个糖果屋都送出去了 小兔子说 我太喜欢他了 没想 那么多 只想把我有的东西都给他

妈妈问 那他请你吃冰激凌了吗 你最喜欢香草口味加果仁的了 小兔子说 我只顾着把糖果屋送给他了 忘记了 吃冰激凌的事情

总有一天 小老虎会请我吃冰激凌的吧 小兔子想

小兔子把小老虎的冰激凌车开去公园 冰激凌变得很好

卖 他们赚了很多钱 不过小兔子一次也没尝过那个冰激凌 她想着 总有一天小老虎会请我吃的

后来小老虎和小狗好上了 他把糖果屋送给了小狗 他们搬到了一起住

小兔子很难过 这时候 小熊出现了 小熊有个饼干店 他做了小兔子形状的饼干 请小兔子吃 小兔子 一边吃一边红了眼睛 哭了出来 小熊问她 是因为小老虎离开她而哭吗 小兔子说不是 我哭是因为我都没有糖果给你了

妈妈问小兔子说 你不是不爱吃饼干吗 为什么吃了小熊的饼干 小兔子摇摇头说 我也不知道 我可能只是饿了

后来小兔子和小熊一起经营饼干店 小兔子研制出来新的配方 饼干卖得很好 他们赚了很多钱

小兔子用自己辛苦赚来的钱 又买了一个糖果屋 她忙着操持两间店 直到有一天 她发现小熊偷偷做的 小鸭子形状的饼干

小兔子很难过 她搬回了糖果屋 小鸭子和小熊住到了一起 小鸭子不是很善良 她有一天和小熊说 小兔子把你们一起

赚的钱都拿走了 自己开了一个糖果屋 过着很幸福的生活

小兔子经营着糖果屋 日子很寂寞 但是也是一天天地过 忽然有一天 她收到了 小熊的来信 信里说 自从小兔子离开以后 生意越来越不好 小熊和小鸭子也总吵架 小熊想要回那个糖果屋

拿着那封信 小兔子哭了一夜 后来她擦干了眼泪 把糖果屋留给了小熊 告别了妈妈 一个人离开了那个村庄”

John问我后来怎么样 谁写的这个故事 我说不知道 网上看到的 不过后来的结局我不是很喜欢 我觉得作者可以写出更好的

然后 我们俩都安静了一阵子 什么都没说 接着John忽然说 我不觉得小兔子很可怜 不过我希望她好

我想了想说 找到一个彼此相爱的人 好好过日子 真的好难啊 怎么这么难呢 连童话故事里的感情都这么心酸

后来我们又喝了很多

那天夜里 躺在浴缸里 想一些事 关于爱的

关于爱 我们都不陌生 从出生之前 父母家人就爱我们 出生之后 一点点长大 我们慢慢学会 爱糖果 玩具 母亲的温度 朋友 动画 足球 隔壁女生 爱电影 自由 游泳 班级里害羞但干净的男生 爱上一个城市 旅行 钱 地位 然后又会出现某个女生 男生……

我们一直在爱着 同时也难过 寂寞 愤怒 失望 觉得累了 伤心 心灰意冷

但是又会出现一个人 让你觉得一切都好了 犹如季节变化 冷热交替

什么是爱呢？我不是很聪明 我说不清楚 我认识一些很聪明的人 他们也说不清楚

这时候 浴缸里的水 已经凉了 我拔去塞子 仍然躺在里面 皮肤能感觉到一点点的 水位下降的过程 有微妙的感觉 似乎有什么东西从身体里抽离

然后 忽然想到了一个故事 关于兔子的故事 一个关于爱的故事 心里有一些画面和片断 不过还说不好这个故事整个

的情节 我也不知道这个故事的长短 也许几本书也写不完这个故事 找不到答案 但是我很确定 这个故事一定有一个好的结局 小兔子会幸福 因为世界是真的 付出的都值得

小兔子一点都不可怜

[2012年4月18日 但愿你的眼中 只看得到笑容]

新绘本的故事 断断续续想了一年 终于开始整理了 这本书我打算送给三个人 一个是公司的李安 他是我很好的朋友 参与了绘本1 和《橙》的制作 每次去上海也承蒙他照顾 他一直相信爱情 待人宽厚 尽管迷糊却是我很信任的人 这次出绘本他一直嘱咐我说 安东尼你要按时交稿啊 这样我才有时间好好排版 你一定要好好写 这期间他感情也不顺 似乎低落 我说我要把新绘本送给你 他说 好啊

同时我还想把这本书送给我朋友的小孩 他们一个是去年十二月出生的 Issac 一个是今年八月左右即将出生的李蘑菇

在这里我想对你们说点什么

我和你们的父母认识并没有多久 却很快成了好朋友 他们都是很善良热心的人 所以我想你俩以后都会被很多关照

和爱护包围着

我想在绘本前写 这本书送给你俩的时候 忽然记不清Issac的名字怎么拼 是小男孩还是小女孩 李蘑菇更是没有印象 刚刚知道你是小男生而已

等你再大一点 有些人记住你 不单因为你这个单纯的个体了 他们可能记住你的高大 英俊或者平凡 你的父母 你多会学习或者多笨 多会和别人交流或者害羞 你有多有钱或者在什么职位上住多少平方米的公寓 虽然这些也不是不重要 但是不论你在人生的哪个阶段 你要记得

我在写这个绘本的时候 你们现在对我来说都是小小的人儿 性别姓名长相这些东西都很模糊 但是即使这样 也一直有父母家人朋友希望你们健康成长 他们因为你们笑了所以笑了 你们哭了所以难过 所以长大以后有很多包袱不用一直拿着 一直要拿着的东西 也可以偶尔停下来放放 现在喜欢你们的人 将来也会一直喜欢你们的

我希望你们三个人都喜欢这本书

[2012年5月7日 他说家里一定不可以有假花]

一直以来 对刷坐便器都有执念

如果去一个地方旅行 住酒店 我最受不了的地方 就是几乎所有的酒店都不提供坐便刷子（可能考虑卫生的问题吗）有的时候厕所不能完全冲干净 我就得拿杯子接水 一次次地把它冲掉

搬家以后一周了 一直没买坐便刷 因为我家楼下的超市坐便刷很难看 我总想着 一定有更好看的坐便刷可以买到吧 坐便刷 可能是除了地面材质 和沙发样式 新家最困扰我的地方了 于是昨天 半梦半醒之间 想到了 两个创意 第一个是 在坐便器旁边 挂一个高压水枪 这个水枪可以连接到坐便器水箱 这样 没有冲干净的地方用水枪滋就可以了 干净又卫生 不需要刷子了

另外一个主意是 在沙发上或者厨房 书房的墙上 安装一个按钮 可以随时冲厕所 （这个可能走得有点远……）

作为一个行动派白羊座 周五早上洗澡的时候 觉得地毯换成水泥地也不错 周五白天做了一些调查 约了装修的师傅

周六早上装修的工人Paul 就来了 他是一个个子很高的澳洲大胡子 他进来以后我们开始聊天 他问我是做什么的 我说我做杂志的 公司在上海 （我现在还是不好意思告诉别人 我是写书的） 他说他去过上海 十天 上海真的太好玩了 这十天他每天晚上都出去party 说上海有最棒的pub（酒吧） 他问 你知道Mint（薄荷，指店名）吗 我说 去过几次 他说 It is great bro. I'd like to go back to Shanghai again.（那儿真棒，兄弟。我真想再去次上海。）

他量了一下一楼的面积 就走了 说下午就发给我报价单子 不到两个小时 邮箱就收到了邮件 一看报价 六千六百澳元 我打电话过去 尝试讲价 他说 哥们儿不能便宜了 不过如果你付现金的话 六千澳元就可以 我说好 那就现金吧 我问他 你能帮我在楼梯下面 做一个小的放鞋子的水泥台面吗 他一下子很认真地说 I am not going to do anything for free.（我不会免费做任何事。） 我说好吧

于是 周一去除地毯 厨房的瓷砖 磨平地面 周二 周三涂蜡风干 到了周四就能好

P.S. 早上喝了long black（澳式黑咖啡） 现在有点亢奋

手有点抖 呵呵

[2012年5月10日 蜡梅的味道真的是好闻]

好多墨尔本的朋友 和我说 你这个吃货 怎么也不写写美食的日志 介绍下墨尔本的饭店 美食

有想过做这件事 不过我怕很多人知道了 都过去吃 我订不到座位 或者 一忙起来 饭店品质下降 所以……

其实 我没那么好 我是个很自私的吃货

[2012年5月11日 你好像是从 黑白电影里走出来的人哦]

来到这个区 大概两周时间 先后和土耳其咖啡店老板娘 The Good Guys卖电器的老头儿 帮助我贷款的女生 帮我看合同的律师 墨尔本做灯的前卫设计师 铺水泥的师傅 卖家具的北欧夫妇 昆士兰过来的著名设计师 附近历史图书馆的女工作人员 都成了好朋友 有几个几年间还经常通电话 短信 见面喝酒

从不敢直视男生变成小勾搭

到时候 安顿下来了 要把他们一个个地请到家里吃饭 真开心

[2012年5月12日 你不要总是 伸着你那大睫毛装可爱]

家附近有个 很有名的中餐店 前几天老板请客吃饭的时候 听说包间里中餐店老板正在请市长吃饭

有一次我去那家店吃饭的时候 前台四十岁左右的领班就一副不耐烦的嘴脸 不过我觉得中餐厅请来的这些中年领班 基本都这副模样

今天刚刚从酒店搬回家 和平阿姨收拾了一下午 晚上泡澡以后准备去吃晚饭 因为自己吃不免尴尬 特意穿上衬衣西装 伪装成职业白领刚下班 随便吃一口的样子

我在门口等领位 等了很久 看到我像没看到一样 后来才过来 我说一个人 他摇头说没位子 我说那边不是有座位吗 他说被订了

我说那我外带 胖领班不耐烦地看了我一眼问 要吃什么 我本来知道要点什么的 结果因为看他不爽一下子 中文英文都忘记怎么说了 他说 你到底要吃什么 然后我尝试解释 我要一个炒青菜 就是那个……那个……长得很像cauliflower（花椰菜）的……绿色的……毛茸茸的那个菜

一份炒西兰花 他一边写 一边白眼翻到后脑勺了

我觉得 我这次算被他记住了 等家里都安顿下来 少出来吃吧

P.S. 因为楼下店铺 说太吵 做水泥的师傅不敢打磨很滑 于是新家的水泥地 运用了一种新的材质 相当于水泥地本身不用很平 然后用这种液状胶质自己找平 周三就弄好了 周四下午Paul 打电话给我说 晚上应该可以搬回去住了 周四晚上我开门一看 地上反光亮亮的 像一层水以为没干 就回酒店了 第二天一早又回家 一开门 地上更亮了 还是感觉有层水 心里想的 不是说都干了吗 怎么还湿得跟什么似的 刚想关门 蹲下来 用手摸了下 硬硬的 又小心地往前摸 都是硬的 脱了鞋 一边小心翼翼地摸一边往前走 结果摸到头 竟然都是干的

毫不夸张地说 地上似乎有一层 坚硬的反光果冻镜

子……而且我房间朝阳 一进来感觉好像 小时候读的《封神榜十绝阵》里 金光圣母的金光阵 我默默地朋友群发了条信息 以后进我家 准备墨镜

[2012年5月13日 唉 你不能做个暖炉 还不能当个空调吗]

刚刚去 post领包裹 拿到包裹以后 要寄一副墨镜 之前在 The Good Guys 买电器 送货的意大利爷们儿把他的墨镜落到我家了 尽管那副墨镜是意大利制造的 但看起来很便宜 是塑料的 而且 logo（标签）那里还掉了一块 但是我还是留了下来 打电话去 The Good Guys 我说可以帮你们寄回去 The Good Guys说太谢谢你了

今天领了包裹 应该是电信公司寄来的接收器 tbox 我拿了包裹以后 在邮局的桌子上 写地址 把墨镜寄出去 这个时候就把包裹放在一边 写好地址以后去 邮寄 大概二十秒时间 回来一看 包裹没了

走来走去找了两遍都没有 应该是被谁拿走了

这种事 在澳洲还是第一次发生在我身上 一般我去上厕所 接电话什么的 钱包手机 都放在桌子上不拿的 以后要小心

点了

刚刚从邮局出来 就被隔壁法国饭店小服务员拦下来 他说 安东尼你好吗 我说不错 我之前在他家吃过三次午餐 他就记住我了 然后他说 Come on have a coffee here（来喝杯咖啡吧） 就把我带进店里

稀里糊涂地 喝了咖啡 又吃了汉堡 然后我问他这个店 Eau De Vie是什么意思 他说life of water（生命之水） 说着就去拿梯子 从最上面的架子上 拿下来一瓶酒 他说就是这个 和梨相关还是什么 他夹杂法语我听不懂 然后我又喝了一杯 他笑说 我喝得太快了 应该一口口喝 像 威士忌那样

结果现在我有点醉了 正好趁着这个机会写绘本

前天 心情特别不好 觉得很没劲 感觉自己 抑郁了

昨天 出去溜达下 买了点东西 去了个好饭店 看看街上帅哥美女 晚上去楼下小酒吧喝喝东西看看杂志 不要太舒坦

然后我总结 像我这样 人生信条是 就那么回事儿

不求上进 得过且过 内心有爱 容易满足 没心没肺的人 根本不配得抑郁症

对了 我家这条街 尽头有一个 很大的医院 于是经常在楼

上就能听到楼下 救护车高声驶过的声音 因为在闹市 附近很多酒吧 有的时候能听到周末 老外喝多了 吼叫嚷嚷的声音

绘本里可能会出现的一句话
“我想给他东西 但是不知道给他什么 这让我很苦恼”

还在法国饭店吃饭 写东西的时候 接到一个电话 对方问你是Liang 吗
我说是 她说 你东西落在我们这里了 被我收起来了 有时间你来拿 我说我就在隔壁

我一进去 那个阿姨就出来和我说 你好大意啊 还好你很幸运 没人把东西拿走被我看到把它收起来了 我心里想着 明明就是我转身去寄个眼镜 你把我包裹拿走了

不过我没说 我就傻笑说 谢谢你啊 非常感谢
阿姨很开心地和我说下次要小心哦

所以在澳洲的话 东西还是可以乱放的 嘿嘿

[2012年7月2日　他说家里一定不可以有假花]

四月的时候 香港很有名的 电影制片人 Amy联系到我 她说 安东尼我很喜欢你的书和Echo的画 如果可能的话 我想看看和你合作一下 做一部电影 我可以来墨尔本找你 顺便过去玩几天

一个月后 行动派的她真的就在五月份来到了 墨尔本

我们在一个下雨天 海边的饭店吃饭 那天是个阴天 海水变得浑浊 比平时的浪要大一些 我们见面的时候她说 我给你带来了礼物 说着 从口袋里拿出了一本红色的书 是香港版本的《陪I》

原来每次拿到自己的新书 都会有同样的感慨和心被揉捏一下的感觉 即使这本书也不是很“新”

本着 要凑出一条彩虹的原则 《陪II》是橙 《 陪I》就理所应当变成红了 香港的《红》的封面制作过程中 修改过几次 本来封面有我的照片的 我觉得尴尬 好歹说服了出版商 把我照片放到了封底 而且 因为版权问题 开始对方是不准备用前面那二十张插画 准备像《橙》一样 放我的照片 经过多次

协商 加上公司同事的帮助 终于用了插画

即使刚和Amy见面 我也没有礼貌地没怎么和她寒暄 翻看着手里这本书 思考着 这是哪几年发生的事

2005年 到 2007年 这应该算是我人生里最脚踏实地的几年吧 尽管当时辛苦 但是现在想想 却是最难能可贵的几年 因为那时候 我还年轻 你也年轻

我们吃饭以后 我和Echo送Amy和她侄女去停车场 Amy边走边说 其实我认识很多写书的人 也认识很多写剧本的 张小娴也是我朋友 但是你的书不一样 文字功底不是说多么好 但是读起来就是让人觉得喜欢

我想了想 说 可能张小娴看得太透了 什么都看得明明白白 干干净净 而我还没看透 写的都还是寻找过程当中的感慨和迷惑

不过感情这 东西要看得多透呢 也许看不透比较有意思吧

[2012年7月8日　香槟真是 随时随地喝起来都让人愉悦的饮料啊]

自从 从床上掉下来坐在酒杯上 第二天去医院检查 遇到帅医生缝针之后

很多好友 当面 电话 网络上在询问 那医生到底有多帅的同时 顺便了解了下我的伤情

借由这个机会 我觉得我对于一个人帅的形容 上升到了另外一个高度

“是身上会发光的 那种帅”

“好看得我都想死 觉得 不配和他活在同一个世界上”

“当然不用打麻醉啊 他长那么帅 直接在我屁股上十字绣我都能挺过去”

“和我们平时看到那些帅哥不一样 和明星那种帅也不一样 帅得特别有人味 同时 又特别像希腊神话里面的神”

“他眼神不是放电那种好看 很真诚又直接 觉得整个人都赤裸裸的”

“他穿着运动鞋 还有一套蓝色的医生的短袖衣服 比你看到所有美剧里医院帅哥都好看一截”

“他担心我屁股里还有玻璃片 所以一点点按了一遍 一

边轻轻地压 一边问 这里疼吗 这里呢……当时 还好我脸朝下 没出息的一脸 淫笑啊 心情很复杂”

……

[2012年7月11日 双层钢化玻璃]

写《云治》 最后的一个阶段 我的心情非常不好

刚刚搬家到新的公寓 其实也没有很大 但是每天早上起来开始放音乐 光着身子在房间里 走几圈 洗脸刷牙 做早饭 在地上吃完以后洗锅 洗碗筷 看看书 开始做中饭 洗锅 洗碗筷 下午有了感觉就写写绘本的故事 没感觉继续看书 出去走走买菜 晚上做饭 在水泥地上吃饭 洗锅 洗碗筷 晚上对着电脑再写一点 喝酒 看书 设置好音乐关闭时间 躺在床上十五分钟以后自动静音

这样 周而复始了几周 因为《云治》的故事 脑子里一直在想一些事情 整个人变得很压抑

那时候 接到妈妈的电话 说舅舅去检查身体 发现有肿瘤 已经去北京的医院住院了 怀疑是癌症 我去墨尔本的药店给

舅舅买 保健品 我问有没有给得了癌症的人 吃的保健品

医生看着我说 没有那种东西的 关键还是手术后要好好吃饭 你买这些保健品其实也没什么大用处的 当着他的面我眼圈就红了 出了药店往家走 边走边哭 觉得特别没有人生方向 觉得或者就 那么回事儿 我在网上给卡卡留言 卡卡是我的新编辑 每天晚上下班以后 她都在家等我《云治》的新的文案 我对卡卡说 我可能得抑郁症了 她试图安慰我 我觉得那阵子她的压力也很大 一方面因为工作原因要和我要稿子 另一方面她也很体谅我

写《云治》最后一个故事和结尾的时候 我觉得我整个人都要虚脱了 浑身没有力气的样子 记得那天晚上 我在家里只开了楼上一盏小灯 写了一个故事的开头就卡住了 眼看着截稿日就要到了 于是跑去楼上放了热水 也没开灯就跳进了浴盆 浴室的门没关 能看到外面一片的蓝天和城市的夜景 当时也没开音乐 只有热水注入的声音 把整个头埋进水里 脑子里想着关于感情的事 别人的 自己的 忽然一个形象就出来了 一个长着鹿角的小男孩 他每天在山上 看着城市里的恋人 他一直抻着脖子望着 后来他变成了一只长颈鹿 很顺畅的 一口气连结尾都想好了 这个东西一想出来 我忽然有种如释重负

的感觉 心中有很复杂的情感 开始放水 随着水位降低 感觉有东西从体内溜出去一样 水放干了以后 还躺在浴缸里 没有预兆地忽然号啕大哭起来

比较感性的那个自己就那样将脸埋在膝盖里 难过地哭着 理性的自己已经站在浴盆外面审视着自己 说 何必这样 有必要吗 赶快起来冲冲 自己喜欢的居酒屋马上就要关门了 而且你这样一直在里面躺着 刚刚想出来的故事忘记了怎么办

最后冲了下 穿得人模狗样的 拿着纸和笔去居酒屋吃饭 一边吃一边写 后来 饭店里就剩我一个人了 老板也是大厨的Akria 他问我在写什么 我一直对Akria印象很好 我搬来这里以后经常来他家吃 他给我的感觉很像 深夜食堂里的老板 他的店也就像深夜食堂那么大

我告诉他 我给杂志工作 在写一个故事 他用日本人特有的口吻说 好厉害哦 我笑说 你是不是要下班了 我马上就写好了 他说不要紧 你慢慢写吧

就这样 晚上快十二点的时候 我在深夜食堂写完了《云治》最后的故事

那之后开始游泳 准备大学的学习资料 经常和朋友出去吃饭 整个人又开朗了起来 觉得 写作真的是一个辛苦的工作啊

[2012年7月25日 你怎么把头发 弄得那么整齐的]

216: Hey!!How have you been?（嘿！你怎么样？）

me: Hey you are?（嘿，你是？）

216: Mmm，is this Raine?（嗯，是雷恩吗？）

me: Nah. Wrong people. This is a guy here.（不。找错人了。这是另一个家伙。）

216: And you are?（那你是？）

216: Opps.（哦。）

me: Anthony.（安东尼。）

216: I am very sorry my friend must have given me the wrong number...（我非常抱歉，我朋友一定给了我错的号码……）

me: No problem, kid.（没关系，孩子。）

216: I am suppose to be txting to catch up with a high school friend that I have not seen in a while.（我本来是要发短信和一个很久没见的高中朋友叙旧的。）

I am sorry Anthony.（我很抱歉安东尼。）

Kid? Ye I hope I can change from a young lady back to a kid LOL.（孩子？我希望我能从年轻的女士变成一个孩子，哈哈。）

me: Hehe.（呵呵。）

216: Hehe anyways, nice guy Anthony.（呵呵，无论如何，安东尼人很好。）

Have a nice afternoon and a nice life too! (stars)（祝你下午愉快生活也愉快！）（星星）

me: Oh,You are sweet. I will work on it. You too.（哦，你真可爱。我会努力的。你也是。）

[2012年8月25日 我们明天去试衣服吧 不买]

刚刚网上 有朋友留言说 安东尼 你提到的小兔子的故事是 @silver是水果味儿的 同学写的 于是我加了她微博 私信要了她的QQ

在QQ上 我和她说 我很喜欢你写的那个小兔子的故事用在新书的序言里了 因为我当初网上看的 没有出处 所以没有标明 不好意思 现在已经开始印了 来不及改

她说 我很喜欢你的 没关系 我的荣幸啊 她说 祝你新书大卖 我一定会买的

我问她哪里人 她说武汉 我说 那一定很热吧

她说 我好想哭啊 现在 我问 那么热吗

她说 “你不知道多少人喜欢你啊……高中的时候在摘抄本上一段段抄你的句子，每个女孩子都用过你的话做签名……一想到在跟你说话……就 ……算了 你肯定每天收到很多这样的话都无感了……”

“就不打搅你了，新书一定会大卖的!”

我想了想说 “怎么说呢 我一直也没觉得自己很了不起有名什么的 经常也忘记自己被那么多人喜欢

觉得 这些都是帽子 腻了 可以拿下来 可是 我不觉得 被高中女生喜欢是一件 很丢人的事情 也不觉得是 因为那些女生懵懂无知 才喜欢我的东西 我觉得 我是很认真在写了 对于感情这个东西 我也没看透 但是我相信它是存在的 而且 每个写过的字 我都真真切切 相信过 所以 以后 如果有女生 或者男生说 我当年 还喜欢过 安东尼的东西呢 无病呻吟 自言自语 当时真是瞎了眼什么的 我也不会后悔 或者惭愧 我是这么

想的 所以 很谢谢你 写出来这么好的故事”

她说 “我不知道说什么好，就是很喜欢很喜欢很喜欢你和你的作品。以至于在微博上都不敢接近看你的生活，怕你和想象的不一样。现在发现是文如其人的，好开心。”

结果我发现我和她聊天的时候 忽然想明白了一件事 就是 我不用为了以后担心太多

之前说过 我不会再签售了 最主要的一个原因是 我上次北京签售 读者太热情 好多人拿了那么多的书来 很多人坐火车来到北京 排队排了将近一天 后来晚上忽然下了大雨 我回去的路上 就在想 那些读者怎么回家呢 怎么回酒店 根本没有车啊 书都湿了吧 越想越过意不去 晚上回酒店就心事重重 Echo问我 你怎么了 我说 我以后再也不签售了

其实 不签售的另外一个原因 是怕 现在喜欢我的人 以后不那么喜欢我了 不喜欢我也不太要紧 我怕过几年 他们留言说 “谁年轻时候 还没喜欢过几个傻子啊 当年他的书我都有买哦 还去排队签名 真是傻透了” 那时候我看到一定很难过吧 不过就像上面和Silver 说的 以后就算不被人喜欢 但是因为现在做着问心无愧的事 认认真真地写着感知 到时候也不

必觉得羞愧 难过吧

想到这里忽然好受了很多 这次八月新绘本上市 Echo因为要买家具 正好在国内 公司就安排了签售 昨天公司说帮买机票 让我也回去 我想了想 谢绝了

因为八月九月 我要准备去学习 室内设计的材料 而且 因为最近 每天总在家做菜 朋友来吃 一直预订到八月末了 所以走不开

但是如果以后有时间 天气也好的时候 我觉得签售也是可以做的 毕竟我的读者那么可爱 人生这么短 见一见 多好

[2012年9月11日 ……哼]

从前有个小朋友 便秘了太久 有了腹肌

坏习惯愈演愈烈 之前上厕所只要有东西读就好 现在上厕所基本上要看半本杂志 有一次竟然坐了四十分钟 然后每次上厕所之后都觉得自己在马桶上坐太久 而不得不洗个澡 简单概括就是 我已经养成了 大便后洗澡的习惯

[2012年10月14日 闭上眼睛 有种回家的感觉]

有一件事 我之前一直不好意思说 其实我有很久没真正开心过了

可能从毕业以后第一次回上海开始吧 那个时候就没有真正地工作过 尽管也在国内知名酒店实习过 当过杂志主编 又出了三本书 贷款买了房子 看起来 短短几年时间做了很多事儿 但是仔细想想 上次开心是什么时候也想不起来了 觉得生活失去了重心

是因为有了点名气 沾沾自喜了吗 我觉得应该不是 我一直没有把名气 钱 影响力看得很重 说真的 我很爱我的读者 但是也一直抱着哪天你们不读我的书了的想法 只要我的读者不否定曾经喜欢我的自己 （那样我会难过的 觉得骗人了一样）只是不喜欢我的话 我也真的觉得没什么

那么为什么不快乐了 我也真的说不好

新的绘本里 我说 与其要找到你 我得先找到我 可能前几年我花了很多时间在找你 生活的重心都在 “找个彼此喜欢的人 好好爱”上 找着找着 爱人没找到 把自己也弄丢了

最近认识了很好的一个人 Echo给起了名字 叫小甜甜

我和小甜甜认识了将近五个月 小甜甜几乎满足我对恋人的所有想象 眼睛是蓝色的 性格善良 因为是农村小孩非常简单 每次小甜甜看着我的时候 我都有被爱着的感觉 不过我总觉得哪里不对劲 这样下来 小甜甜觉得很迷惑 问我 我到底怎么想的 我想了想说 我们不应该再见了 我觉得这样对你不好 我一直觉得我知道自己要什么 但是和你一起之后 我发现其实我并不知道

然后小甜甜说 好 我知道了 我们再见面一次 我想和你说再见 我说别 那样分手觉得太真实 而且我知道你一定会哭 然后我也会哭

小甜甜说 好 我尊重你的选择 安东尼 你是个好人 我希望你好

半夜有短信过来 “after all I was just a boy standing in front of a boy, asking him to love me. Goodnight and goodbye Anthony xx（我不过是一个男孩，站在心爱的男孩面前，请求他爱我。晚安，再见，安东尼××）”

那个是我们第一次一起看的电影《诺丁山》的一句台词 拿着手机不知道要怎么回复 后来发了 我希望你知道我爱过你 晚安

第二天早上起来以后 想到的第一件事就是 我再也收不到小甜甜的 甜蜜的消息了

中午的时候见了小托 一起吃的午餐 他马上要去中国参加一个朋友的婚礼 问我是不是应该买个中国的电插座 我说不用 澳洲的三相插头中国也可以用 中国有三相和两相两种插头

后来他问我为什么看起来不开心 我摇摇头没说话 他说等下去和妈妈一起喝一杯 我说算了 我想回家

下午见了朋友 一起喝酒 我把我的想法和他说了下 他说要么你去看看心理医生吧 觉得你心里乱糟糟的 我说心理医生太贵了 再说 我觉得他们胡说八道 他们自己也不是很健康 我朋友说你这是偏见 有的时候你要构造自己的人格和世界观 但是有些人不是很擅长这个 而心理医生能帮你找到建设那些的工具 我说我再想想吧 我觉得多运动 再加上开学以后忙起来可能会好

昨天发微博说 每一分每一秒都更接近死亡 其实还有后半句我没好意思写 每一分每一秒都更接近死亡 与此同时我开始恐慌我会一直独自一人 这种恐慌让我觉得绝望

晚上没吃饭就去跑步了 然后去上了拳击课 拳击课 拳打脚踢 觉得很爽 上拳击课 戴拳击手套前 教练要求我们戴一次性橡皮手套 打了十五分钟下来 一脱手套里面都是汗 往下滴

水 在做了那么爷们儿的运动之后 我很娘地想 如果戴橡皮手套前涂上厚厚的护手霜一定是一个很滋润的手部护理 想到这里就笑了下

可能读到这里 大家会觉得是 无病呻吟 吃饱了撑的吧 也许真的是吧 我也说不好 但是想写出来这种感受 让大家知道我状态也不是很好 也一直在调整 也有苦恼 没有那么神奇 没有那么有干劲

可能也是写给自己看的吧

好像把《陪I》时候那个“关于我们惴惴不安的未来 我觉得它是明亮的”的安东尼弄丢了

但是我也没有在 坐以待毙 自怨自艾 我也在很努力地调整 希望能把生活的重心找到 一切都能好起来

这样

[2012年10月19日　去纽约 / La Maison d'Art Hotel（艺术旅馆）]

从墨尔本坐飞机真的要坐很久才能到纽约 下了飞机以

后就已经相当颓废了 结果还要等一个多小时才能出关 当时唯一的心愿就是赶快到 旅店洗个澡 睡一觉 打车从机场到 La Maison d'Art Hotel 大概要五十美金 这个酒店是我在网上看到的 看了照片和介绍觉得很好 挺适合我的 而且价格很合理 就发邮件过去订了房间

出租车到旅馆门口的时候 老板娘Stephanie 正在和邻居攀谈 看到我她走过来说 你是Anthony吧 不好意思 我等下有课 Sophie会带你去房间

Sophie 是一个黑人女士 她已经有两个小孩了 可是看起来还是十分年轻 她听说我是厨师后 说可惜你就在这里住一天 如果多住几天 你可以给我们做饭吃 她说我们这里附近有很多很好吃的饭店你可以试试 她还很热情地给我讲解了房间的功能 如何锁大门 怎么办电话卡 如何能走到中央公园 我觉得美国黑人的口音好cool（酷）

房间里 干净整洁 装饰得很Art Deco（装饰派艺术）同时也很现代 墙上的绘画来自墨尔本的艺术家 让干净明亮的房间又多了一些生动

房间里有无线网 也提供了电源转换器 洗澡以后刚想睡觉 Zeta来电话让我去找她吃饭 我说我休息下明天去找你 她

说不行 你现在就得来 打车去市中心也没有多远的距离其实和Zeta吃的 日式火锅 她一点没变 一个热血男孩的样子

晚上回来的时候已经是 深夜 按照Sophie交代的方式锁门 进去房间睡觉 床非常的舒服好睡 躺上去就睡着了 不过因为时差的关系清晨四点多我就醒了

五点左右 天还没亮 我决定出去走走 街上零星的几个人都是黑人 我去问路 他们都很热情 用cool cool的腔调告诉我顺这条路走下去 天亮的时候就到中央公园了 沿路的公寓建筑都非常美 尽管这个区都是黑人 让我隐约有种到了南非的感觉 但是一点都不觉得突兀 感觉非常安全

从中央公园回来 是上午九点 我开始觉得困了 就躺了一下 再起来我去楼下看展览 这时候Stephanie 已经在楼下了 我碰见她 和她聊了聊 她说一楼这个区域经常用来做一些展览有的时候请爵士的乐队来做表演 每次都来很多人 非常热闹

她还说 来这里住的 大部分都是欧洲人 因为她本人说五六种语言 她经常帮客人解决一些问题

她笑着说 觉得酒店还是有很多不足 但是一点点的都会变得更好

我和她开玩笑说 我很喜欢那个入口 非常的 *Sex and the City* 她大笑说谢谢 说美国有很多这样的brownstone（褐沙石房屋）的公寓 还告诉我这个名字是由建筑材料而来的

她和我说 很多人来纽约旅行 一来就住在时代广场 真的很没意思 看不到美国人 真实的生活面貌 只是高楼大厦 礼品店和巨型广告板

接下来 她还给我介绍了几个到纽约应该玩的地方

然后我又在一楼转了几圈拍了一些照片 这个酒店让人觉得非常的舒服 像家的感觉 下次去美国 我估计我会多在这里住几天

[2012年10月26日 好吃的日本烧烤小店]

今天游完泳回家 在火车站的时候被一个邋遢的白人上来问我要钱 他那个恳切的眼神 一下子让我想到什么 我把背包拿到前面 一边翻一边和他说 我可能没有现金了 只有一些硬币 他看到我翻钱包很开心 说你真是好人 你真好 我摇摇头说没事儿就往站台走

这个时候我忽然想到自己 很多时候 在感情上我可能也是一个乞丐 他要的是钱 我要的是爱

乞丐伸手要钱 好话说尽 又露出人生窘态 有些人嗤之以鼻 有些人敬而远之 有些人正好心情施舍一点 有些人面子薄别人要多少都要给一点的

我要爱 眼神 表情 每一条仔细推敲的短信 改了又改的邮件 适时的殷勤 为了你一次次的迁徙 当然也会遇到各种各样的人 遭遇各种各样的对待 不过那样要来的爱总是不长久 捧在手里却暖不了心

有的时候 我看到身体健全的年轻人 也在要钱 会想 干吗不好好找份工作自己赚钱

那么同样 感情这种东西 通过自己努力就一定会得到吗 只要独善其身 就能得到吗 如果我爱自己再多一点点就好了 可惜我更爱人

[2012年11月14日 其实我心里住了一个奈良美智]

最近我经常放屁 但是这不影响我变得越来越元气

看了很多电影 我最喜欢的女演员安妮·海瑟薇 结婚了

看到他们在山上落日时候结婚的照片 她穿着白色华伦天奴的婚纱 面容恬静 一脸幸福 当时叹气 我最喜欢的女人结婚了以后的日子只能喜欢男人了

很多人看完电影以后都要绞尽脑汁评论一下 无外乎赞扬或者埋汰导演 我看电影会跟着哭 跟着笑 不过看完就完了电影是讲人生故事的 我对自己的人生都没有很认真 对别人的更不会推敲 看看而已 过去就过去 喜欢的电影 遇到喜欢的人就陪她再看看

昨天第一天上课 我进去教室的时候 里面已经有一些学生了 我进去坐下来 过了一阵子觉得不对劲 我走过去问一个三十岁左右的女的 这个是term（学期）1 的教室吗 她说不是是term3 我说谢谢啊 很尴尬地走出去 在楼里走了一圈 问了几个班级 都没有term1 后来我们室内设计系的主任看到我说你怎么还没去上课 我说我找不到教室 他给我带到教室 原来尽管我们是第一学期 但是因为我们是 今年第三个term入学的 所以我们算term 3 的学生

班级里很多美女 班级平均年龄大概在三十岁左右 之前我问她教室的女生叫凯若琳 她来墨尔本十年了 曾经在法国

大使馆工作 也教法语 她说她有两个小孩 我说你口音 没有什么法国腔 她笑说可能有一点点 我们聊到做饭 她说她经常在家做饭 她爸爸在法国有个酒店 ibs她以前经常在厨房帮忙

班级里有个男生 长得很好 是教跳舞的 今天上课学习颜色的理论 我看到他的画 画得太好了 我压力很大

我本来打算骑车上学的 但是因为拿到了绿卡现在又做回学生所以可以买学生票 刚来墨尔本那阵子 用学生票是我最大的心愿 现在终于能用了 我很没出息地想 get the most out of it（充分利用它）

公司给任务 命题的稿子 小四 我 落落 笛安来写 感情

编辑告诉我说 小四写亲情 笛安写友情 你写爱情好了 我问还有什么 编辑说对宠物的感情

我说我写 那个

果然是没人想写爱情 下午编辑问我你有宠物吗 我说我之前有一只猫 编辑说那你能写

我问 那现在是不是落落写爱情了 编辑说对

傍晚编辑说 落落不爽 说要写你的爱情 我说 哈哈哈 哈哈

[2013年1月10日 忽然想吃大闸蟹]

今天早上 去图书馆的时候 路过公园

一路走下来看到形形色色好看的人 得出了 地球很可能是以 美男子为动力在运行的 理论

[2013年1月11日 一群人喝酒时 觉得无聊 我就喝金汤力]

太久没写日记了 我有点担心我都不会写日记了

回国住了十天 回去时候飞 阿联酋航空 莫名其妙地被升舱了 在上海的时候都住在Puli Hotel 这个酒店现在成了上海我最喜欢的酒店

签售除了上海还去了三个城市 合肥 武汉 深圳 签售的行程很紧凑 基本上飞机落地 酒店睡觉 第二天中午和当地书局领导吃饭 下午签售 晚上火车到武汉 另外一个酒店睡觉 第二天中午和书局领导吃饭 下午签售 因为签得太多 胳膊没了感觉 晚上安排了按摩 酒店睡觉 第二天去了下黄鹤楼 中午飞傍晚到了深圳 晚上和野象 80 还有其他朋友吃饭 过年 酒店睡觉 和书局领导吃饭 签售 飞回上海

最记不清楚的就是 签售的过程 读者一张张脸 说不清是

因为真的签售紧凑 和每个人接触时间太少 还是脑子里 不由自主地没有保留 觉得这样才舒服

签售的时候 因为时间来不及 和人数太多的原因 不能写别的东西 经常有读者问能写我名字吗 旁边的人说不行 我心里就觉得愧疚 觉得别人等了那么久 我一个名字都不能写吗同时也开心 又少写了几个字 大部分读者都好说话彼此打个招呼开心走过 可也有个别的 听说不能签字顿时变脸……我恨不得把她拽回来说 不要生气啊 不要气让我给你写嘛

回来那天很狗血地错过飞机 但是制造并经历这么多狗血的事情的我 当然还是在花了四千元的前提下 顺利地赶上了 新加坡机场的阿联酋飞墨尔本的飞机 不过一个国际航班一般提前两小时就要到机场了 我在上海去新加坡飞机起飞提前两个小时的时候 刚刚从四十五公里外的酒店起床 还从 CD 播放器里一首首找自己最喜欢的歌 还不知道自己已经错过了早上十点的飞机呢 在这样的情况下 我也能飞 我只能说命好 和我处理这些不靠谱的事情的业务熟练

回来睡了一觉 晚上约朋友们一起去看 *Life of Pi*（《少年派的奇幻漂流》） 一边看电影一边喝啤酒 出来时我憋不住想撒尿 正好街上有个公共厕所 我其中一个朋友可乐洒手上

了 想洗手 我进去单间的公共厕所时 他也跟着进来洗手 这时候整个厕所警报忽然响了 原来这个洗手间里面只要超过两个成年人就会自动报警 那条街还挺繁华的 对面有几个酒吧饭店 当时我们四个人 厕所外两个 里面两个 外面两个人笑得合不拢嘴 还指着我们 我在里面害羞得要死 也没心思撒尿了朋友很淡定地洗了手 我和外面的朋友说 有那么好笑吗 他们俩说 没办法啊 那种情况下 不笑也太尴尬了 我想了想也是

Life of Pi 挺好看的其实 但是我觉得没有大家说的那么好看 回来看了一些影评 多少帮助理解了一些 但是我还是相信第一个故事

2013年了 无论你是从MSN Space（空间） 就开始看我日记 还是从书开始 还是已经好几年的豆友 新年快乐啊

[2013年1月18日 Dexter笑起来真好看]

《一天》 在我看过的电影里绝对不算是上乘的 也不算经典

但是不知道为什么 这部电影却让我看了又看 看了个

四五遍 每次看了之后都觉得没什么劲了 可是过了一阵子 朋友来家里看电影 还是会像个猪头一样 拿出《一天》的蓝光说 要不我们看这个吧

昨天在市场买青菜做沙拉 脑子里 忽然跑过 “She made you decent and in return you made her really really happy.（她让你变得体面，作为回报，你让她真的很开心。）”

可能我就是喜欢 喜欢一个人很久 或者 喜欢被一个人喜欢很久 但没有他喜欢我那么喜欢他 但还是喜欢

过了十几年

喜欢一个人很久的人还是喜欢那个他喜欢的人 或者 没有那么喜欢喜欢了他那么久的人 却还是放不下那个 喜欢了他很久的人 还欢喜地去找他

我喜欢他陪她去见她男友的时候他离开 后来在桥旁 他转身就是她

我最喜欢 他们后来在一起了

欢喜到 残忍幼稚地 在她出车祸的时候 也没觉得多难过

觉得要是我的话 就算死了也没什么啊 值了 真的

One Day（《一天》） 在我眼中不是 一天 不是各种形式 翻阅的日历后讲述的 那么一天

One Day 在我心中是 有那么一天 我会喜欢你 有那么一天 我们会在一起 one day we will be together（总有一天我们会在一起） 的*One Day*

[2013年1月20日 五十种深浅的灰]

上学也上了 将近三个月了 开始的时候都会坐电车上学 因为楼下就是电车站 很方便 早上电车上非常拥挤 很多初中生 三三两两的一堆 把书包扔到脚下 穿圆头的皮鞋 袜子很长 几乎要到膝盖 但是裤子却很短 我觉得 澳洲很奇怪 通常男生的腿比较细 像两根棍子一样 女生的腿反倒比较粗 后来因为电车实在太挤 加上上上下下的运行速度也慢 我就开始尝试骑车上学 坐电车上学的话大概要三十分钟 骑车需要四十分钟 但是我第一天骑车上学 就先后因为没搞清交通规则 粗心大意和驾驶技术差 而发生三起交通事故 回家路上 顺便去拿干洗的衬衣 干洗店的中国老板见了我 说你骑车上学啊 我说对 他说太危险了你这 从你家去city多方便 干吗要骑车啊 我本来已经做好 千锤百炼的准备 现在被他这么一说也动摇了 想说我自己刻苦学习 学科没挂结果骑车把自己挂了也很心

酸 后来就开始坐火车了 反正买票也能打折

从我家去火车站要十分钟 但是二十分钟火车也到学校了 所以也很方便

坐火车久了 坐出了窍门 现在我都在我家火车站站台的最靠边的地方上一号车厢 一般人会少一些 而且 火车到了city进站以后 我下车就是在人潮的最前面 只要快走没人挡路

前几天 我们老师布置作业 让我们选一个公司 根据他们的企业特性 帮他们做家具 地面和窗帘的设计 我们班级有两个我很喜欢的四十岁左右的女生 一个是澳洲人 她是画家叫倪口 一个是法国女生 她之前在澳洲法国领事馆工作 叫凯若琳 倪口问我我选哪个公司 我说Bank of Melbourne（墨尔本银行） 你呢 她说 我选的是男性娱乐场所 我问那个是什么 她笑说 就是 gay sauna（同性恋桑拿）…… 我一下接不上来 迟疑了一下说 you'd better choose something easy to clean……（你最好选择容易清洗的……）

最近早上都喝黑米粥 中午放学在外面吃 晚上回家做饭

昨天晚上 想说减肥 于是晚餐就做了个沙拉 放了些叶子 蛋黄酱 炒了蘑菇 切了熟透的李子 还有煎过的面包丁 很好吃

但是 晚上看电影《饮食男女》看到十一点又饿了 没办法 打电话叫pizza（比萨） 送pizza的人看起来是个印度人 他来的时候我正在喝酒 我开门他说二十澳元 我进去拿钱包 没有零钱给他五十 他说找不开 我说你等等 回去又到处凑硬币 总算凑到二十澳元给了他 他走以后 我三下五除二就吃光了pizza 这时候才想起来 我给了他二十澳元以后 没有把我的五十澳元要回来（人民币三百多元）

本来想打电话到饭店要 一看时间快十二点了 不好意思让他再回来送一下 想想算了 想着说不好等下他自己会来送

结果到了今天还是没有消息 我有点被欺骗的感觉 下午打电话给那个饭店 饭店老板让送餐的男生和我说 我说我昨天给你的五十澳元你后来没有给我 他说钱他没拿 我一时语塞 挂了电话

过了一个小时 他又打来说 他也忘记他拿没拿了 听起来很失落的样子 我也不知道说什么好 就说算了吧

今天晚上 看了《桃姐》 觉得好看 看了以后Whats App（一款即时通讯软件）给Amy 我说《桃姐》很好看

她说《桃姐》是个真实的故事 故事里刘德华演的那个男生就是他们公司的

我真心觉得Amy牛 她又和我说 我在和Shine吃饭呢 正在和他们说你 我觉得她更牛了

[2013年2月13日 听说兔子根本不爱吃 胡萝卜]

受伤的心 假以时日也不会复原的 但是你会意识到 受伤的那块只是一小部分 很小很小的一部分

[2013年3月11日 双层钢化玻璃 / 日本来的手机套]

狐狸／／ 一直觉得人们对狐狸的认识有偏颇 说不定狐狸又善良又“蠢” 我不是说它不聪明 而是凌驾于基本常识以上的单纯 如果来生我做不成人只能做一只动物 我愿意做一只有落日般颜色的小狐狸

狗／／ 去咖啡店吃早餐 对面坐的看报纸的女主人和她的狗 我一边看着它一边喝咖啡 那狗对女主人充满爱意地望着 摇着粗尾巴 喝到第三杯时 忽然想到 还好我没有尾巴

猫／／ 有人问我 之前养过宠物吗 这时候我就不知道要如何回答 我养过一只猫 但是我又不觉得它是我的宠物 现在

回想起来 更像是一个室友罢了 只不过是我要喂它罢了 除了我在电脑前打字时候它偶尔跳到我腿上睡一觉之外 也没觉得它对我有多依赖

长颈鹿／／ 有一年我忽然想明白 为什么我一直觉得长颈鹿特别优雅 其实就是因为它脖子长啊 于是那一年冬天 我一口气买了三件高领毛衣

松鼠／／ 我很怕老鼠 尽管我也同意 “松鼠根本就是老鼠穿了个可爱外套” 这样的论述 但是很奇怪的 我却特别喜欢松鼠 因为经常看到松鼠捧着一颗松子的照片 所以看到松子果子会拿起来看一看 翻一翻 但是里面明明什么都没有啊

野鸡／／野鸡也叫雉 现在城市里很少看到了 我记得很小的时候 我们一家去附近的山上野炊 我一边想着热播的《新白娘子传奇》嘴里振振有词 一边开心地往山上跑 这时候 枯草从里飞出来两只色彩斑斓的 健壮的野鸡 咕噜咕噜地飞了好远 我被吓到一脚没踩住 从山上往下滚

金鱼／／ 我是不会养金鱼的 我一直觉得它一天到晚在巴掌大一点的玻璃缸里上上下下地悬浮 一定很寂寞 也许你

会说 你又不是鱼 你怎么知道鱼寂寞 但是 你又不是我 你怎么知道 我不知道呢

[2013年4月8日 打包走 可以打七折]

塞特算是我们这次旅行里我最喜欢的城市 它给我的感觉很像印象里的威尼斯 城市的主干道沿河而建 城市的住宅和小商店似乎被性格憨厚老实的人一个个地安排在山上

上午十点半 塞特市旅游局的Parra女士准时出现在酒店 因为早上出去跑步的关系 所以已经知道市场在哪里是什么样子了 这次特意带了零钱 想买一些西红柿

菜市场里的水果蔬菜被码放得整齐 看起来格外新鲜 草莓工整地摆放在小木头盒子里 卖糖果的摊子上有将近二十个红色铁皮桶子放在一起 里面分类放着各种颜色 口味的糖 这些糖看起来不像澳洲市内那些糖果店的那么可爱甜美 有一种像小时候在姥爷家过年集市里那种 约一斤糖的样子

因为市场这天是我当导游 李安 小西说要多拍点照片给我 留着书上用 可是市场里那么多人 被他们端着大相机照觉得很别扭 一边摆手对他们说够了够了 一边尴尬得不知怎么好 拿出个西红柿啃缓解气氛

这个市场和我们家对面的 Prahran Market（普拉兰市

场）很像 卖海鲜的 卖花的 蔬菜水果的 起司的 鸡蛋蜂蜜的 香皂蜡烛的……非常齐全

可能这个小镇很少有亚洲人出现吧 我们逛的时候 看当地人的生活状态的时候 也被他们认真地观望着 他们很热情 微笑着用法语说着 你好 你好啊

我应该一直没说 之前去纽约玩的时候 有一天去韩国饭店喝酒吃饭 结果来了兴致 和做服装设计还有模特的朋友去美国老太太那里算命 当时老太太给我两个忠告 她说我的命非常好 身边一直有贵人相助 而且一直也不愁钱花 但是要注意两点 一个是一定要坚持写作 每一周都得写 写作是你一辈子的事儿 她一看我的手 第一句话就是you are a writer（你是个作家） 一个是不要再吃生海鲜了 你会中毒的

我回来墨尔本以后 也没把她的话往心里去 和小托去吃了生鱼片 结果晚上的时候就开始过敏 再之后也吃过几次 每次皮肤都会变红 起小疙瘩很痒 明明之前生海鲜都是随便吃的 这个很奇怪

不过即使这样 听说这次旅行安排了 参观生蚝的养殖中心 还是很兴奋 一直喜欢吃生蚝 但是完全不知道他们是怎么

养殖的 这次养殖中心一行 真是开了眼界

尽管看不懂一台台巨大的机器 不同区域的水槽 各种器械是做什么的 但是看下来觉得养殖生蚝 真的是一件非常辛苦的事情

参观好以后我们就去小食堂 品尝生蚝 英俊迷人的牡蛎厂主 端上来一盘子摆放在海草上的新鲜牡蛎 给我们都倒上了白葡萄酒 随后娴熟地开了牡蛎一个个递给我们尝 边开牡蛎他边说 这个牡蛎每天他都吃六个 说只吃六个 吃多了也不好 都说吃牡蛎养颜 看着他 我觉得这说法靠谱 非常健康有活力的样子 想到这里也顾不上 看手相的说法 接过牡蛎一下子倒到嘴里 澳洲的牡蛎也很有名 但是这个法国的牡蛎 完全是我之前没有吃过的味道 它的口感很扎实 它的鲜也很纯粹 澳洲的牡蛎会有利索的奶油味道 或者甜甜的金属味 而这个牡蛎 就是单纯的海的鲜味 各个层次的鲜 又有点甜 带一点黄瓜的清新 又有榛子的果香 牡蛎壳滑润 在阳光下看 有淡淡的粉色

一行去的几个同事不是很能吃生的海鲜 而帅老板又很热情 一个接一个地开着 大家后来吃不下去了 就都递给我吃 我是个贪吃鬼 加上看到帅老板的美颜想到这纯天然牡蛎的功效 就一个接一个 贪得无厌地吃下去

晚上回去酒店 肚子特别难受就吐了 后来晚上我们一起出去吃饭 庆祝我生日 我都没怎么吃 只要了盘沙拉

不过现在想想 那天吃得真爽啊 哈哈 值了

[2013年4月9日 有个作曲的 总写慢歌]

编辑和我说 这次 下一站 参与的是我们公司书卖得最好的作家 当时觉得自己好自豪好骄傲 结果途中他们四个聊小说聊作家聊写作风格 95％我都听不懂 这时候已经开始心虚了

接下来 落落 笛安 恒殊就开始赶稿 每当我大快朵颐地吃早餐的时候 她们就在聊昨天晚上又写了几千字 什么什么写完了…… 这样一天过去了 又一天过去了 终于在某个早餐时某人说我昨晚写了两千字的时候 我忍不住压力 一边吃饭一边低声地说 今天晚上我也回去赶稿 李安问我你写什么 我说我也不知道 随便写写 否则觉得自己不够红

[2013年4月10日 半夜里 摸着你的指尖]

La Réserve Rimbaud, Restaurant à Montpellier.（La

Réserve Rimbaud，蒙彼利埃的一家餐厅。）

法国一路下来 吃过很多餐厅 这个餐厅给我的印象最深 一进去我们就被请到露台上 露台沿河而建 偶尔有天鹅和野鸭漂过 仔细看还能看到很大的鱼 露台上有橘子树 我偷偷地摘了个橘子下来吃 被小四看到 他说你这样不会被打吗

我喜欢这家饭店主要因为它舒服 有去品位很好的朋友家做客的错觉 有一些法国饭店会给我很刻意的感觉 无论是从摆盘到烹饪的手法 还是口味 这家就不会 吃起来就能感觉出来大厨是个性格很好又一丝不苟的人

饭后 南法旅游局的负责人 一个四十岁左右的法国人把我和小四叫去阳台 他神神秘秘地开了一瓶酒 后来我才知道是法国干邑 他给我和小四一人倒了一杯 说这个酒非常贵 你一次喝一点点 他用他特有的法国腔调说着英文 说好好感受和回味感觉像梦一样 我问 这真的是酒不是在嗑药吗 他笑 我和小四喝了一点 这其间我们聊了其他有的没的 后来小四剩下的半杯我也喝了

后来回去饭店在椅子上坐下 在座的人一下子就看出来我醉了 有的说我眼神都不对了 有的说我特像吸血鬼

后来我觉得 我就是飘回饭店的 这也可能是我最喜欢这家饭店的另外一个原因吧

像梦一样

[2013年4月12日 我总是记不住 你的名字]

用一个词描述 我对于这次法国南部之行的印象就是Bonjour（你好 / 日安）

当然随着对法国南部越来越熟悉 和在不同城市的迁徙 我的发音 也把 叔 猪 竹 树 都绷了个遍 第一次很正式听到这个词 应该是在*Sex and the City* 里面Carrie刚去法国 在酒店门口下车 和礼宾说的一句 风情万种的 Bonjour

这次旅行以后发现 法国人口中的 Bonjour 恰恰就是法国给我的印象 利索又不单调 随意却又执着 法国的调调

[2013年4月中旬 青蛙会给 爱情带来好运]

旅行中的我 是紫色的

［0］

真正意识到法国行程的真实性 是从拿到签证那一刻开始的

申请的是申根签证 它是绿色的 有三十天的期限 我觉得

申根签证很好看 我不知道它是把照片液化还是怎么处理过 看起来很像是《仙剑奇侠传》的包装那样 像是真人又过度美化变成漫画 我看了看小西 李安的签证也都是这样

申根签证可以去很多欧洲国家 但是我申请的这个下面有法国的字样 不知道是因为我是从法国进入欧洲 还是因为我是在法国大使馆申请的

在上海这几天我都住在小四之前的家里 因为很久没回上海 每天晚上都有很多饭局还有出去喝酒见朋友 经常半夜回家 然后睡到中午起床

说不好怎样形容上海 我觉得它很有包容性 任何国家 任何背景的人都可以按照自己的方式在这里活着 互不干扰

有的时候我下午起来 在窗前看外面的城市 觉得它疯狂又了不起 不知道哪里来的动力 一直在旋转 只要踩在上面人就会不由自主地转动

后来我们去的法国南部是不一样的 它似乎是静止的 像一幅画 你可以在里面慢慢地 慢慢地走 心平气和地 走来走去还是在画中

[1]

在机场的时候 小西落落他们去买东西了 我和小四找了个餐厅吃东西 我们都点了红烧牛肉面 我看了下饮料 点了巴黎水 想说我们也是要去巴黎的人了 先把水喝起来 面条吃着我觉得没有味道 于是问服务员有没有陈醋 我喜欢一边吃面条一边吃面包 然后面条还要放很多陈醋

于是我就一边喝着满是陈醋的 面条汤 一边喝着巴黎水 小四看了我一眼说 安东尼 你太乱来了

从中国去巴黎的飞机比我想象的要快 感觉看了几部电影 睡一觉 看看书就到了 下了飞机 走在巴黎机场 蜂窝式的水泥墙面一直延伸到天棚 我们到了法国 巴黎飞蒙彼利埃的时间只是看一本杂志的距离

在蒙彼利埃机场 大家的箱子一个个都拿到了 我就开始有一种不好的预感 果然我的箱子丢了 南法这边配给负责接待的李毅先生带着我去 机场行李柜台挂失 负责挂失的工作人员说 箱子很可能在中转的时候在巴黎机场出了问题 不过放心应该很快就能找到 到时候我们会联系你

说着她给了我一包东西 里面有牙刷牙膏袜子 洗脸的 还有一件衬衣 她说这个是给你的 然后这几天你有什么需要的

生活用品可以自己买 把发票留着 到时候寄给我们 我们总共可以给你报销一百五十欧元的东西（记不清了）

出了机场 我也没有因为丢行李的事情而难过 大概是因为来到南法了还处在兴奋中 来不及难过吧

我们上了巴士 这时候已经是傍晚我们直接坐车去塞特 从蒙彼利埃机场去塞特大概五十公里的路程 没过多久我们就出了市区 这时候已经傍晚了 巴士穿梭在高速路上 和山野间 远处的天是红色的 如果不是因为空气很透明 一定会觉得是跌入了爱丽丝梦游过的仙境 就在这个时候看到了远处湿地里的火烈鸟 我之前没有见过火烈鸟 最近一次听说这种鸟也是在一个测试里问朋友Nic最喜欢什么动物 他说火烈鸟 Nic是一个在墨尔本做模特的朋友 他有一些洁癖非常有礼貌 有一种古典的美 他的脑子总是在云端里

我从来没有见过一种鸟这么优雅 火烈鸟是一种大型涉禽 脖子长 呈S形 通体长有洁白的羽毛又带着暖融融的粉 红色不是火烈鸟本来的羽色 而是来自其摄食的浮游生物所含的虾青素 火烈鸟的上喙小于下喙 它们安静地站在湿地里 偶尔把喙探进水里 我赶快抓起相机拍照 结果已经错过了

我对塞特的第一眼印象 感觉是天边的朋友寄来的明信片上的风景 塞特被一条运河怀抱 运河上泊着各种各样的小船和快艇 它像极了我想象中的威尼斯 这时候天色已经变黑只有远处些许泛蓝 明亮的黄色路灯把整条街点亮得像是 我第一次去墨尔本的那个晚上

第一天住在塞特的Grand Hotel（格兰德酒店）正位于河边 酒店的中间有个很大的天井 里面满是植物 有个很大的像是海盗的船上会出现的那种大的吊灯从二楼伸出来 使得整个空间的比例感非常奇特 换上航空公司给的白色T恤 和李安小西聊了一会儿天 就回房间睡觉了

［2］

可能因为时差的关系 我六点左右就醒来了 打开门走到阳台 下面已经开始有窸窸窣窣的声音 对面的阳台有男人走出来 一边抽烟一边看着外面 我心里默默地想 抽个烟都弄得跟拍电影似的

因为我上飞机前特意换了舒服的运动服 所以现在身上唯一的这一套衣服很适合跑步 去了楼下把钥匙留在前台就跑出去了 沿着河边跑 又沿着山坡向上跑 这时候看到了集市

有卖运动裤的 卖指甲油的 各种包的 也有卖蜡烛的 继续往里面走是个菜市场 所有的菜看起来都很新鲜 我盯着蓝纹奶酪看 柜台后面的大叔和我说萨鲁 也不问我要买什么 就是想和我打招呼的感觉 看水果的时候 水果摊的女士也和我萨鲁 卖菜的小妹也萨鲁 一条街走下来 萨鲁了好几次觉得特别热情 一点也没有来之前听说的 法国人都很高傲鼻尖冲着天的感觉

继续往山上跑 来到一个公园 公园中间有个巨大的雕塑 下面刻着文字 我读不懂 公园的一角很有趣 在洗衣机 马桶 微波炉里种着鲜艳的花 我觉得这种天马行空的行为非常法国 继续往上跑 路过腿骨折撑着支架却走得飞快的法国少年 街上偶尔有车驶过 马路不是很宽 车的速度都不快 我发现这边街上的车大部分都是法国车 标志 雪铁龙 雷诺 比格兰 塔波特…… 我跑到山上的时候已经出了好多汗 这时候忽然想起衣服如果还不到 我就这一身衣服 岂不是要臭掉 想到这里开始往回走 回去的时候大家已经起来吃早饭了

接下来我们乘船参观了从罗纳河到塞特的运河 导游李毅说 三百年前 路易十四为米迪运河寻找出海口时来到这里 1666年塞特港落成 为了纪念这个特殊的日子 当地人用水上比力的特别仪式来庆祝 从此以后 每年都有一次水上比力的

比赛

中午的时候 我们在拓湖边上的餐厅吃饭 这是我们来到法国以后的第二次正餐 来法国后每次吃饭都要喝很多酒 每次吃饭都要吃三道四道的 饭后还一定要喝个咖啡或茶的 我想可能是因为当地旅游局盛情款待吧 法国人自己出来吃饭应该也不会这么正式吧

饭后小西问我要不要出去拍点照片 我说不要 因为我们吃饭的这个饭店位于湖边 四周都是落地窗 饭店生意很好 里面大家都在用餐 我觉得出去拍照被人看着怪怪的 再说 我还穿着一套运动服

不过后来饭后实在没事做 我就还是和小西去拍照了 我还特意和小西说 我们走远一点 其中有张照片 我从港口往堤岸上跳 因为角度关系 很像是跳到水里 我很喜欢

接着我们坐船去参观牡蛎农场 这时候大片的云遮住了太阳 忽然冷了下来 我穿得单薄 小西把他的牛仔衣脱下来给我穿 我觉得小西真的是个大好人

［3］

因为下午牡蛎吃得太多 回来的路上肚子就很难受 等到了酒店回房间就吐了（算命的说的 应验了 这是不是说明 她

说我一辈子不愁钱花 也是真的？）

我们在靠近河边的小餐馆吃饭 吃了点东西以后觉得好多了 那天晚上正好是我生日 饭后我出去溜达 顺着河走 墙面上贴着大型的黑白海报 拐角的酒吧一群男人在里面喝酒 有的站着有的坐着拿着大大小小的酒杯 电视上播放着足球赛 对面有女生推着车从路灯下往我这边走 我想了想觉得自己已经二十九岁了这件事很可怕 想着明年就要过三十岁生日了 明年生日一定会大哭吧 但是这个想法没有坚持多久 就又想这个小镇真美 我可以来这里住一阵子 白天做饭 溜达 晚上看书睡觉

回去的路上我忘记小西说了句什么话 本来没什么问题的 但是我和落落一下子想歪了 我们俩交换了下眼神 然后大笑笑了一路一直笑回酒店 真的是很有趣 可惜现在想不起来了

[4]

告别塞特 我们来到被称为 喜剧作家莫里哀之城的佩泽纳斯

住在La Distillerie（酒店名） 这是一个设计酒店 它只有

三层 从外面看很像是法国酒庄里会出现的那种小楼 进去以后 右手边有个很大的餐厅 餐厅的墙面是鲜艳的红色 四张能坐满八个人的大桌子零散地摆在餐厅里 红色的墙面和木质的桌子酒柜形成强烈对比 加上灯光和墙上的装饰 有种置身于剧场用餐的感觉

接着我们每个人都在前台拿到自己的房间号和钥匙 我住在二层 我的房间是极简风格 进去房间就是个大厅和小厨房 往里走是自己的房间和带有浴缸的卫生间 卧室里有个小阳台 推开阳台的门 能看到隔壁农家的田地 和远处的葡萄园 已经能看到嫩绿的葡萄叶子开始发芽 犹豫着快要在葡萄架上攀缘的样子 一模一样的场景 似乎在之前的哪部电影里见过

放了洗澡水 只开热水管 把沐浴液倒进去 打开豆瓣电台将手机放在酒店提供的音响上 去泡了一杯茶 刚想钻进浴缸泡个热腾腾的澡 收到小四在微信群里发的消息 他说我的房间太夸张了 阳台上有露天按摩浴池

我立马没骨气地发消息在群里说 我想泡 小四说等到晚上大家一起来泡

泡在浴缸里 闭上眼睛 厅里传来音乐的声音 感觉像是在

家里一样

晚上我们就在那个红红的餐厅吃饭 照旧按照法国的习俗一顿饭吃了一个半小时 饭后还要选咖啡或者茶 我们的邻座有十几个人来用餐 他们年纪大概都在三十岁左右 看起来像是朋友或者同事 满满一桌子菜和大小不一的酒杯 有的时候发出特别大和爽朗的声音 如果放在中国 感觉上只有东北菜馆才有这样的场面 特接地气儿 可是让他们用法语一说 听起来就高端洋气 尽管内容可能和东北菜馆的也没差

晚上躺在床上 在想这个世界到底有多大 有清晨梳洗得干干净净在家门口修剪花枝的日本老太太 有寒冷的雨天也在墨尔本街头穿着短裤慢跑的纯爷们儿 有天还没亮就在纽约黑人区的大街上穿行的黄色校车 有晚上十点钟也营业的文莱的夜市 贩卖海鲜炒面也能邂逅黑色的猫 有纽约时代广场的巨型广告 站在人潮流动的那里 似乎就站在世界的顶端 也有我的家乡大连 我们搬家到农村以后 四月时节 放眼望去对面是桃园 有桃花香涌过车道扑面而来

而这一切都发生在小小的世界上 坐飞机也不过几十个小时而已 我现在在法国南部的小镇 我的人生在整个世界来说如此渺小 又显得如此漫长 想着想着 不知道什么时候睡

着了

[5]

第二天早上起来 我们准备去佩泽纳斯城转一转 早上在酒店吃的早餐 早餐有个地方很有趣 不提供果汁 而是有一篮子新鲜的橙子 有台榨橙汁的机器 你要自己把橙子切开然后按在那个机器上榨汁 那个果汁是我喝过最好的果汁

吃了早饭回去房间换了白裤子和灰绿色的衬衣 想说 在古城溜达要穿成富二代在度假的样子 李安给我发消息说他的房间是一个阁楼 我很好奇 跑去楼上敲门 果然他的床对着一个斜着的房顶 他开始收拾行李换衣服 我躺在他的床上 这时候他说住过这些酒店 他最喜欢这个房间了 如果以后有了自己的房子 他也要设计成这个样子 我们几个一起出发 穿过小桥和有女神雕像的公园就来到了古城

古城里没有高层建筑 只有泥瓦建筑的小楼 它们的颜色是法国的颜色 如果你不知道什么算是法国的颜色 可以这样理解 它就是所有的颜色但是不饱和 仿佛在白葡萄酒里洗了几十年 掉了色 又有一种平易近人的美感

有的时候在深巷里走 会觉得凉 不过只要一拐弯 顺应了太阳的方向 就会出现一路刺眼的阳光 我帮落落背着书包 走在石子铺的路上 好像走在前世里

然后我们穿过古旧的大门走入了一个剧院 剧院的负责人不停地用英语给我们介绍着 我有一搭没一搭地听着 剧院的一楼是普罗大众都可以来看的 他们的后面有些私密的镂空包间 负责人说是有钱人带着他们情妇来看的时候用的 我当时想法国人真奇怪 就算有包间 也是一件多么引人注目的事情啊 如果有小三的话怎么好意思带到大庭广众之下呢 接着我们来到楼上 有宽敞的休息厅 我想象很多有钱人中场的时候在这里休息 抽烟喝着香槟的样子 楼上的席位都是用红色天鹅绒包裹的 我们走出去的时候 似乎路过一个舞蹈教室 能听到里面学生排练时踩踏地板的声音

后来我们一群人继续走 我看到一个小店在卖小王子的明信片就进去挑选 选了两张水彩的明信片 等我出来的时候已经找不到大家了 也没有手机只能靠着记忆往回走 看到公园又过了小桥 回去酒店有了网络以后给大家发私信说 我已经回来酒店了 刚刚走丢 酒店见 恒殊回复我说 我们也快回去了 你在酒店等着好了

［6］

接下来我们去了古城卡尔卡松 卡尔卡松是法国朗格多克－鲁西荣大区省的一个镇 面积65.08平方公里 分为新旧两个城区 分别坐落于奥德河东西两侧 西部的新城区地势较低且占地较广 东部的老城区有城墙围绕 到古堡的路上 李安头疼晕车脸色煞白的 我们坐在汽车后排 他坐在我和小西之间我很担心他 他忽然拍我说要个口袋 我正在找的时候 他已经开始吐了 这时候司机停下来 我问大家要了手纸 闻着那个味道我觉得我也要吐了 这时候小西接过手纸开始帮李安擦干净 他帮李安擦得很认真很干净 看他那个样子 我被感动到不行 我觉得好朋友就应该是这样的 也在想 小西真是个大好人后来我们下车以后 李安好多了 我想我要是带了潘诺多就好了 澳洲人不管哪里疼都吃那个 而且也没有副作用

我们在古城里漫步 小四一直在接电话 关于电影上映的事情 走在上百年的古堡里 这算是只有电影里见过的画面 又听着现实中小四讲着电影里的事情 我觉得特别抽离

从伯爵城堡到圣内扎尔大教堂 一路有太多的历史遗迹圣内扎尔大教堂是我见过最美的教堂 它的穹顶非常高 进去的每一个人都会禁不住仰望 玻璃彩绘的颜色浓郁 阳光透过它

照射进来 在教堂内的地面 祷告用的长椅上 铺了一层斑斓

之后 唱诗班开始唱圣歌 四五个人一起 可能因为教堂特殊的构造让他们的声音变得格外洪亮 除了那纯净的声音 剩下的一切都归于无声 我们几个都默默地坐下来听着歌声 我心想 几百年 上千年 一定有成千上万的善男信女 走进这里坐在这里心怀感激 充满希望 或者满是疑惑地 在这里无声地祷告 许愿 忏悔 期盼着冥冥之中有人可以听到

［7］

科利乌尔 在二十世纪早期 因为许多野兽派画家 包括马蒂斯 德朗 毕加索……迷上小镇的街景 以及港湾旁的灯塔和城堡风光 而在此聚会作画 也有诗人 小说家流连于此 马蒂斯说 科利乌尔有世界上最蓝的天

科利乌尔和我们之前去过的法国城市不同 可能因为它临近西班牙 所有墙面的颜色变得特别欢实 粉色的 黄色的 蓝色的 绿色的 不再是一贯的灰

我们住的酒店是一个官邸 它让我想起我在墨尔本打工过的地方 这次也是每个人被分到不同的房间 我们的房间又

不一样 我的房间有巧克力色的墙纸 墙纸上有印度人驾着大象载着欧洲人的图案 充满异域风情 打开阳台的门 正好对着外面的庭院

这时候大家开始互相串门 去看别人的房间 落落的房间是粉色的 有精致的碎花墙纸 落落非常喜欢 开玩笑说 以后没事就可以飞过来住一住

小四说放了东西大家一起下楼照点照片 我们几个人在大树下坐着 趴着 站着 摆着不同的姿势 为了把大家都照上取景又没问题 我尝试站在树根中间的落叶里 结果一只脚踩上去一下子陷下去 一直陷到大腿根那里 我立刻弹了出来吓了一跳 原来落叶底下有个大窟窿

后来我想这可能就是《爱丽丝梦游仙境》那样的窟窿吧

[8]

吃了晚饭以后 我和李安出去溜达 我们顺着公路走 过了小溪 又顺着小路走 两边有各种各样的野花 聊了好多事情 后来走到海边的悬崖上 他跑了很远 帮我照了几张在悬崖上的照片 偶尔有穿着紧身运动服的当地人 三三两两地从我们身

边跑过

我对李安说 我觉得特别幸运 能和大家一起旅行 去不同的国家 往往旅行的过程中没有什么感觉 但是回家以后 回想起来就觉得特别美好 李安说是啊 莫名其妙地就走了这么多国家

[9]

这时候天色已经开始变暗 海天交接处渲染成放肆的红色 包容着我们所在的这片大地 我们的旅行就要结束了 但我深切地知道 法国南部这样的天地 以后会不断出现在我的梦中

[2013年4月25日　出租车路过一个大广场 整个世界突然亮起来]

巴黎 我爱你……

[0]

欧洲走了一圈 巴黎并不是我最喜欢的城市 但是想到题目的时候 这五个字一下子就跳出来了 我想 这就是巴黎的魅

力吧

［1］

在法国的这段时间 我从Airbnb（爱彼迎）的网站上找到了巴黎铁塔附近的房子 在Rue Alasseur（阿拉萨尔街） 给房东Martine发消息 说因为公司出差我要在巴黎待一周 很喜欢你的公寓可以来住吗 她用英文回复说 你好安东尼 我已经在网上把你的邀请批准了 你大概几点到 这个是我们楼的密码 我们住在三楼 你进来以后来三楼拿钥匙 出租的公寓在五楼 我们巴黎见

公司的人第二天就要飞回上海了 我们白天一起逛街逛了一天很累 回去酒店我开始收拾箱子 准备搬去Martine的公寓 本来想打车的 这时候李安说我们还是送你去吧 你一个人去别人家里住 总觉得不放心 小西也说是啊 我们陪你去 我说不用 这么晚了 再说等下你们还要自己回来 我说我打个车就好了 小西问远吗 我说看地图走路大概十分钟的样子吧 然后小西和李安就决定送我去

我开着Google地图和小西李安走在法国的街头 箱子很重小西偶尔过来帮我拎 沿街有一些超市 小酒吧 卖古董的店 还有一家装修很雅致的韩国餐厅 我对小西李安说 看看明天你

们走之前 我们能不能来这里吃顿饭 已经走了十分钟 可是地图上显示还有段距离 我很不好意思地说 要么你们回去吧 他们不干 说巴黎不是很危险吗听说 我们给你送过去

又过了几条马路 走了一阵子忽然下起小雨 路过一个开满樱花的公园 从公寓的间隙里 能看到 亮着灯的铁塔 我们三个都拿出手机照相 这是我们第一次看到亮灯的铁塔 后来在两个法国青年的指点下 我们找到了我预订的公寓 这个公寓大概有两百年的历史 是Art Deco（装饰派艺术）风格的建筑 我输入密码后进去 三个人挤着大概一平方米的小电梯上楼 Martine一脸教师模样 她开门看到我说 安东尼你来了 她拿着钥匙带我们去五楼 房间太美了 完全是我喜欢的风格 比我想象的还要大一些 Martine说 我看了你的介绍 是写书的也是厨师 我也是做出版业的 我有个好朋友也是我的同事 有个非常好吃的法国餐厅你应该去尝一下 这个是他们的名片 你去了就说你是我的朋友就可以了

我接过名片说谢谢你 然后她说 那有什么事你随时给我发短信 我就住楼下很方便 她和我们道过晚安以后 就走了

她走了以后 我们开始自己看房间 李安说这里比我们住的酒店好太多 还比那个便宜 我要去泡茶 小西说不用了 不早

了明天还要早起 我送他们下楼 这时候还在下着雨 我说我打个车送你们回去 小西说没事儿我和李安溜达溜达就回去了 我送了他们几条街 看着他们过马路 心想我进到公司遇到这样的朋友才是最大的财富啊

［2］

第二天早上 收到汉莎航空的邮件说因为德国机场罢工 我飞的那天所有的飞机都取消了 花了一上午时间把机票改成北欧航空公司 然后约了Cindy吃晚饭

Cindy是我在上海时认识的朋友 我第一次见她的时候她像一只小鹿 和我朋友一起坐在我家客厅里 大眼睛一眨一眨的 后来莫名其妙地我们就成了好朋友 每次我去上海都要见见她 她也来墨尔本我们在这里见面

Cindy 小朋友像一个谜 她之前在美国读过书 后来在强生公司工作 朋友告诉我 她家住在上海的豪宅里 她有个网站叫sugared and spiced记录了她的旅行 住过的酒店 喜欢的餐厅 那个网站开始是用英文写的 在上海很多老外都在看 连租我房子的美国男生也知道那个网站 Cindy还会说很多国家的语言 总之她就是非常有气质的 神秘女子 所有人走在她身边都像是给她拎包的 （她来墨尔本那次 和几个设计师酒店联系

免费试住然后给他们写评价 我去了她住的第一个酒店接她到离我家比较近的第二个酒店 我们没有打车说步行溜达溜达 然后我就拎着她的箱子走在她旁边 走着走着我说 我有种小长工带着大小姐出外郊游的感觉 她说 不是所有男生都有机会帮我拎包哦 说完了 偷笑 大眼睛眨了眨 听了那话 我竟然有种莫名的自豪感）

再后来 她又说 我做了个决定 我准备把工作辞掉去学法语 然后去法国留学做甜点师 你觉得怎么样

我想了想说 很好啊 如果有热情就去做 我觉得你做什么都会很好的

她说 好

我说 有机会我就去巴黎看你

我当然对她信心满满 但是也有担心的地方 她那种大小姐气质我怕在厨房吃不开 我一直觉得甜点师傅是比西餐师傅更辛苦的工作 他们的工作量非常大 整天要抬面粉 糖 又要揉 搓 伏案修改

可是就是这样 也是偶尔听到她的消息

我们今天开课了 这是我的制服

今天做了水果派（上传了一张照片）

觉得好累 我先睡了
每天都要洗很多东西 手都泡起皮了 我要变成老太婆了
今天 厨师带我们出去吃饭了（照片）
看 我们大厨帅吗 他人特别好（照片）

时隔几年 没想到我们要在巴黎见面了

[3]

中午的时候她就发消息给我说 我中午有安排 不过下午我和几个同事一起在公园野餐 你也来啊 我说 我得去改机票 于是我们约在晚上

一如既往 她像一个美食百科一样 问我说你想吃什么呢 我说不要特别华丽特别法式那种 我在南法吃了很多 最好就是招人喜欢的小店 舒舒服服就好 她说我知道了

我们约在Rue Saint－Dominique（圣多米尼克大街）大街上的一个小饭店 我从老房子走出来准备打车 可能因为游行的关系怎么也叫不到车 我拿着手机截屏的地图问一个路过的女士 她头发花白的样子 穿得像是刚从唐顿庄园吃了下午茶回家一样 她也不说英语 看了看我的地图 固执地用法语

帮我指路 看我还是迷迷糊糊的她又和我解释了一遍 而且口音中有 你这个小笨蛋的 责备的语气 我只得赔笑

不知道是她解释得好 还是我法语有长进 过了几条街就看到站在门口的Cindy

我的巴黎之夜开始了

她还是之前那个样子 一点没变 她看到我和我招手 眼睛一眨一眨 走过去抱住她 开心地笑 心想太好了 你还是小公主的样子 没有变成一个厨娘

Cindy真的很了解我 我们吃的这家饭店 完全就是我想象的样子 这是我来法国以后吃得最好的一顿 基本所有的主菜都是用铸铁容器烹饪装盘的 我们要了红酒 有好多东西可以聊 其间旁边有个北欧独自来法国玩的女生看到我们要的沙拉 赞美了句 然后我们把沙拉分给她吃 三个人一起聊起天来 原来这个北欧来的小食客 也在看Cindy的美食博客 我们说这个世界太小了

［4］

饭后Cindy提议 我们往铁塔所在的公园走 路上空中刮来紫色小马的氢气球 我跑过去跳起来抓住它 牵着它我们一起在公园里走 Cindy一直在笑 我说我想看巴黎铁塔亮灯 Cindy

说还要一个小时 已经傍晚了 开始变凉 我带Cindy去我那里拿了件衣服 给她穿上 往回走

正好走到公园的时候 整个铁塔一下子亮起来 从上到下不断闪耀 Cindy告诉我说 这个设计的灵感 据说是来自香槟的气泡

当你一个人驻足在完全陌生的半球 陌生的公园里 驻足在这钢铁打造的巨大铁塔前 它又在空中奇妙地闪烁着 这时候旁边又有 美好的女生 什么样的人心中都会充满诗意的

我想送她回家 她说好啊 正好我烤了玛德莲给你 出门的时候忘记带了

［5］

我去坐地铁 路上有小孩在卖玫瑰 我忽然想起来之前 和她说过 如果去巴黎 我一定要在巴黎铁塔那边买朵玫瑰花给她 我们就带着玫瑰花一起在巴黎溜达

买了两朵 Cindy 喜形于色 递到她手里的时候 我说 It is not corny, it is classic.（它并不老套，而是经典。） 她笑 点头同意 说谢谢你安东尼 你是个奇怪的人 什么不合理的事情 和

你一起做都有顺理成章的感觉

在铁塔前给她照相 她还是害羞地转过去 照片有点糊掉

能看到 闪亮的人字形铁塔 她柔顺的发 和左肩上模糊的红色玫瑰

[6]

我的巴黎之夜 像一场梦

[7]

今天早上收到她的信息说

I'm at the Eiffel Tower, it is sparking and I thought of you.

I need a Rose.

（我在埃菲尔铁塔，它闪闪发光，我在想你。

我需要一朵玫瑰。）

我知道她难过 因为马上就要回去上海了 她却依然留恋巴黎

想了想 我回复说

Don't be silly. I'm always there with you.（别傻了，我永远和你在一起。）

[2013年5月3日 热水洗碗 不用洗涤剂]

平行世界

一

结束了 法国的工作 开始十天的旅行 去丹麦 奥地利和德国见几个朋友

我小的时候我爸经常出差 坐飞机 那时候他会带回来一些飞机上发的礼品回家 有笔 钥匙扣 最好的一次是飞机模型 尽管那飞机模型在 底座上放不稳 但它却成为那个阶段我最宝贝的玩具之一 我觉得神奇 这样的庞然大物可以飞到天上去 当时想 如果一辈子能有机会坐一次飞机该有多好啊

在去哥本哈根的飞机上 我回忆第一次坐飞机是从上海去沈阳 当时我逃课从沈阳去上海岛的工作室玩 Owen把我送去火车站 坐了一天一夜的火车 我风尘仆仆地去了上海 认识了阿亮 痕痕 我们一起做饭吃 去游乐场 我玩得不亦乐乎 直

到Owen打电话给我说学校抽查考试 占期末成绩30% 让我立马回去 当时我已经身无分文（到现在 只要出去玩一定把钱花光光的坏习惯还是没改掉） 后来因为实在来不及 小四帮我买了一张飞机票 他给我画了个流程图 如何坐地铁换磁悬浮 怎么领登机卡怎么安检 上飞机

那是我第一次飞 回到沈阳之后 我想着他们几个年轻人追寻梦想的模样 坚定了出国的决心 从那以后 我就一直飞 现在回头想想十年快要过去了

最近看一个小说 性格古怪又有 控制欲的姨妈 给自己的葬礼准备了悼词 她坐在车里 毫无预兆地安详死去 葬礼上她侄子读她自己给自己写的悼词

“在我生命的前六十年 每个周末我都会去教堂 因为我很惧怕死亡 好像一下子什么都没有了的感觉 又相信一个好人死了以后会去天堂

现在的我不再相信天堂那一套东西了 但是每个周末去教堂成了多年以后养成的习惯 况且教堂的早茶很好吃

我希望被土葬 变成树木和动物的餐点 就像我这一生都在吃它们一样……

我的妹妹柔丝和我侄子赵士并不那么完美 柔丝基本上过着疯狂的一生 而我侄子决定变成一个Homo（同性恋者）但是我也没有什么办法 他们是我唯一的亲人

和他们生活在一起的这段日子里我很快乐 他们教会了我一件事 那就是 当一个人爱上另外一个人的时候 并不是因为 那个人所做的事情让他们称心如意 而是因为那个人本身

……

没有必要为我的死太过难过 我生命中最快乐的日子 早在十几年前就结束了 而现在 我终于可以入土为安 和我的老伴团聚 也许在天堂 也许在地狱 或是在虫子的肚子里”

我经常想到关于死的事情 不是说我活得多抑郁 或者思想灰暗 死亡对我来说是很自然而然的事情

之前很期待2012年来结束这一切 现在都2013年了 我也觉得不错

不过我也会想 如果那天就这样忽然死掉我也没有什么遗憾 我这一生按照自己的意愿 已经过得很精彩了 没有大富大贵但是也不缺钱花 有很好的家人 莫名其妙认识了很酷的朋友 爱过 也被人爱过 觉得够了

飞机到达哥本哈根 机场给我的感觉非常北欧 设计非常简洁干净 看到有卖烟的 去买了一条 结账时候我付欧元 对方

说只接受丹麦克朗和信用卡 这时候我才知道不是所有欧盟国家都用欧元

因为我把大行李寄存在巴黎机场 只拎着小行李背着个书包 径直走出了大厅 一眼就看到了高高的Tom 他眼神明亮向我招手 我走过去 他说 欢迎来到哥本哈根 然后淘气地一笑

Tom是我在上海认识的朋友 通过上海的室友Mu认识的 Tom像一个谜 十年前国外很有名的时装杂志 做了个排名 当年全球Top 100 powerful people in Fashion（世界时尚界最具影响力的100人物） 那里面罗列了诸如设计师 编辑 买手 摄影师 Blogger（博主） 榜上有名的有 LVMH帝国的控股人Bernard 有BURBERRY设计师Christopher 有McQueen（麦昆）的设计总监Sarah 有英国王妃Kate 有Marc Jacobs 有Karl 有法国*VOGUE*（杂志名）主编Carine 在这些形形色色的排名里 Tom的名字排在第十

关于他的事情 有些我是听Mu或者其他朋友说的 有些我是网上看到的 他对我只字不提 我们变得熟络是在他和他爱人离婚以后 住到我们家开始的 Tom喜欢做饭喝酒 我们俩经常一起去买菜回家做饭或者去朋友家做饭 因为他和Mu的关系 我认识了上海的一些设计师和模特 也见识过一些无聊的

疯狂的有趣的派对 宴会

我记得有一次冬天 Tom的侄女从丹麦来上海玩 我和Tom出去买菜做饭 从雁荡路顺着淮海路一直走 天非常冷 我们裹着大衣 我问Tom 你到底是做什么的 我Google了你 你的名字和Tom Ford排在一起的 他调皮地笑说 事实上 我也经常问我自己这个问题 我有很多关于服装还有贸易方面的背景 这些经历可以让我帮助很多人 完成他们想做又不知道怎么做的事情 至于网上那些排名 看看就好 不能代表什么 我点点头 听得一知半解 记得那天晚上他用虾头做了奶油海鲜汤 我做了西红柿鸡蛋 还有小鸡炖蘑菇

Tom总是一脸调皮对什么都很有兴趣的样子 有的时候也会一下子变得认真起来 仔细思考的样子 我不知道他的年纪 怎么说应该也有四十多岁 但是他又瘦又高 走起路来像个少年 脸上也没有一点沧桑感 我们一起出去玩 我反倒是第一个累的 他就会吵着说再玩一会儿

他给我很多帮助 他说很喜欢我写的小兔子的故事 我们去上海面料市场做衣服 他帮我选的样式和面料 那件西服是我最喜欢的 里子是一种玉石的绿色 我当时准备在上海开西餐店 他只要一有空就陪我一起看房子 后来我租了弄堂里的

一个小洋房 装修的时候他也给我很多建议 比如去掉院子里的大铁门 他说上海这么安全 你不需要弄个大铁门挡住所有的光 后来证明他是对的 没有了那张铁门 我们家客厅变得很光亮 隔壁邻居的上海阿姨每天早上都来帮我扫院子 浇浇花 而我院子里的家具 晒的衣服 也从来没少过 也是因为没有那张大门的关系 没多久我就和我的邻居们都很熟了

后来Tom开始交往一个丹麦的年轻设计师 我问他你们怎么认识的 他说在一个宴会上 刚开始还在院子里喝酒的时候 我就注意到他 后来发现他也在看我 时装秀结束后 他走过来 给了我他的电话 他有点害羞又有点得意

Tom回去丹麦的时候 打车送他去机场 他说你来送我我很感动 我说这是应该的 你帮我这么多 而且你是我在上海认识的最好的朋友之一 他又调皮说只是之一吗 我应该是第一才对 我笑

那次一别 我们有两三年没再见 他把我的行李放在车上 我和他说 我觉得像做梦一样 他笑 我说我都开始长白头发了 你怎么一点也没变老 他用手指点了下空中说 这是个秘密

他把车点着说 安东尼 我有很多事要告诉你

就这样 我的丹麦之行开始了

二

Tom开着 二十世纪九十年代墨绿色丰田 我们在从机场去市内的马路上穿梭 天空灰暗 有大片厚重的云快速移动 偶尔太阳从空隙射出来 照亮几缕天地 我看着车窗外 这是个让人觉得陌生的城市

Tom问我接下来想做什么 饿不饿还是想溜达下 我说那我们走走先 哥本哈根是个很小的城市 没多久我们就开到市中心 车子在很窄的小巷子里行驶 Tom说 市内停车很不容易 但是我知道一个秘密的地方 他把车开到一所学校里 在一个很古旧的小房子边停下来 我们下车 我问 这样不要紧吗 他说 没事儿 我都停了好几十年了 没人抓

窄巷里的路是用大石子铺砌的 被人世世代代地走过变得非常光滑 我问Tom说 地这样女生晚上穿高跟鞋去party时怎么走 他对我笑说 永远不要小瞧女人

街上的人很少 整个城市静静的 我们走到艾玛莲堡广场 整个广场被四个漂亮的宫殿围绕 Tom和我说 很久之前这四

个宫殿里分别住着四个贵族 后来战争过后 皇室搬了进来 他指给我看说 这个是女皇住的 现在女皇正在里面 我说你怎么知道 他说女皇在的时候才会升旗 接下来又说 那个是王子和公主住的 那个是亲戚和贵宾住的

接下来来到新港 堤岸一边有整齐的各个颜色的房屋 Tom和我说这边有很多很好的饭店和酒馆 他指着一个蛋壳色的房子对我说 安徒生以前住在这里 我兴奋地过去拍照 看到公寓上用金色写的 H.C.ANDERSEN 那个房子看起来很普通 Tom说安徒生先后在这条小街搬过几次家 晚年他又搬回来这里

我想象 高高又清瘦的安徒生在这里写了小美人鱼的故事 小美人鱼看到了王子 一见钟情 救了他的命 后来用声音和头发忍受疼痛换来了人类的双脚 每走一步都像是踩在刀子上一样 就这样她去找她的王子 只要王子爱上她 他们就能永远在一起 可是王子很蠢认不出她 只把她当朋友对待 后来王子要和别的女生结婚了 小美人鱼的姐姐们用自己的秀发换来了女巫的刀 只要用它刺破王子胸膛 咒语就会消失 小美人鱼摸进王子的房间 看着熟睡的王子 她心爱的人 她下不去手 终于 太阳出来了 小美人鱼变成了泡沫 飞向天堂

我和Tom说 我觉得安徒生尽管是写童话的 但是他的一

生是很悲伤的 你看 小美人鱼的故事 就是他的性倾向不被社会认可的写照 Tom笑说 也许吧

后来我们饿了 Tom要带我去吃丹麦很有名的单片面包三明治 我们穿过广场 来到一个小饭店 这个小饭店在地下室里 Tom点了菜 问我要喝什么 我说有什么当地的烈酒吗 他点了樱桃酒 我很喜欢吃那个三明治 其实说是三明治 更像是一个拼盘 上面有几种面包 黄油 炸过或者腌过的鱼 山柑 熏三文鱼还有水煮蛋 饱餐一顿后 Tom开车送我去我预订的Airbnb家里

他现在住在离哥本哈根开车大概两个小时的森林小屋 这段时间在哥本哈根工作

我住在靠近市中心的公寓里 他们住五楼没有电梯 很有趣的一点是在进门入口的地方 就标明了每一层每户主人的名字 女主人很热情 她带我看了房间 还给我准备了水和水果 我洗了澡睡了觉 晚上起来发消息给Tom 我们相约出去吃了印度菜

我和他说 我后天坐火车去奥胡斯见一个丹麦的朋友卓纳森 在那里住一晚上然后回来 Tom说好 那你这几天在哥本哈根逛逛 等你从奥胡斯回来 我开车带你去我家 我们可以在

森林里住几天 我说太好了

第二天 起来以后我去当地的市场走了走 去每个城市我最喜欢逛的地方就是市场 这里的市场干干净净的 食材也非常新鲜 我很奇怪他们海鲜那么新鲜但是Tom和我说 丹麦人并不会吃很多的鱼 市场里也有很多很好的卖街食的小店 看得我眼馋 想通通吃一遍

丹麦人长得很美 又高 一个个头发都打理得干净利索 像是从时装杂志里走出来的人 街上很多人骑自行车 他们把自行车骑得很有风格 之后我走去市中心 在乔治杰生给爸爸买块手表 我爸工作这么多年 也没有一块像样的手表 我出来旅行前问他想要什么样的手表 他想了想说 皮带的深色的 但是你千万别买太贵 几百的就行 儿子买的什么爸爸都喜欢 我选了很久 之后咬牙买了一块不用上弦的 一万多一点的表

之后想去找小美人鱼 街上有背双肩包的英俊丹麦青年 我上去问 想去小美人鱼雕塑那里要怎么走 他皱眉说 那里我从来没有去过 说很多当地人可能也不知道 你是来玩的吗 他给我指了个方向说 你可以去那里逛逛 有个公园还有个集市很酷 我说谢谢 之后给Tom发了消息 我们相约在广场见面 我

觉得丹麦人不知道小美人鱼雕塑在哪里 这件事很奇怪

见到Tom 以后他说要带我去坐小船在市内逛逛 说也能看到小美人鱼雕塑 我很兴奋 他说不过你别期望太高 说那个雕像很小很不起眼的 我说怎么会呢 那可是小美人鱼啊

小船在河渠里走 两边有干净利索的建筑 偶尔会有高塔出现 上面的青铜经过多少年的腐蚀以后变成了青绿色

看到了小美人鱼 她真的好小 坐在岸边的礁石上 我站在岸上没有拍照 只是静静地看着 生怕打扰她

晚上的时候 我说我想吃中国菜了 这一次旅行太久 怀念家乡的味道 然后我们在一个很破烂的区 找到一个门面很小的中餐馆 这个餐馆很难找 里面也不起眼 和老板也是大厨的中国人聊天以后才发现来对了地方 他和他妻子来丹麦很久了 老板之前在很有名的中餐厅做过厨师 在丹麦还给王妃当过厨师 现在自己开一个小餐馆当老板 他问我想吃什么 我点了想吃的菜 他说你点太多 你们两个人根本吃不了 要不有一些菜我给你做半份好了 我说好呀好呀 谢谢你

我和Tom想喝红酒 他们没有 我们问老板能不能去买一

瓶带到店里喝 老板想了想说好吧 但是你们把酒藏在桌子下否则会有流浪汉进来要酒喝 我们说没问题

真的非常好吃 连点心都是现做的 我和Tom在那里吃了一个多小时 具体吃的什么现在忘了 但是当时真的觉得我们俩太幸运了 选择了这个饭店

第二天 准备坐火车去奥胡斯

三

在火车站 Tom请我吃丹麦热狗 小小的大概有四根手指那么粗 放上腌酸菜和煎香肠 再加上额外的酱料 非常好吃 我吃了一个后就立马又买了一个

Tom把我送上火车 说两天后到火车站来接我

火车上没有多少人 我坐下来后没多久就开车了 过道四个人的位子上坐了一个高高壮壮的男生 他的一条腿打着石膏 横放在椅子上 倚着窗边睡觉 我拿出笔记本开始写东西 火车在田野上前行 有的时候路过树林 两旁的村舍很多都挂着红白相间的丹麦国旗

火车驶进奥胡斯车站 我背着书包走下车就看到在站台上等我的 卓纳森 小卓一如既往的利索样子 背着个书包 丹麦男生特有的干净 他上来抱住我说 我们终于又见面了 小卓是我在上海工作时候 通过朋友认识的 他是建筑师 曾经在丹麦的一个旧屋改建的比赛中也拿过奖 我离开上海 在墨尔本的时候我们也一直保持联系 他很幸运 在上海没多久就找到了一个很出名的设计公司的工作 负责中国一个 舞蹈明星的房子的项目 在中国工作了两年 拿到了中国绿卡 现在又回来丹麦完成研究生的课程

他对我说 你来的时间正好 我刚刚完成课业答辩 前几天累坏了 接下来就比较有空 他问我 你累不累 我说 还好 我们可以在城市里走走 他说好 我公寓就在市中心 我们可以先回去我把书包放起来 然后去奥胡斯展览馆 就是我之前给你看那个有彩虹走道的建筑

我们在城市的街道上走 街道没有很宽 能看到很多的大学生 我们一边走 一边聊天 我问他毕业以后还会回去中国吗 他说不一定 但是他挺喜欢中国的 再说现在有中国绿卡了 回去很方便 我给他讲我这次旅行去过的城市 我说我特别喜欢哥本哈根 他笑说 奥胡斯也很酷 如果你想学习室内设计和建

筑 可以来这里 我们的这个大学很有名的

走着走着来到一个胡同里 走到尽头后是一个院子 里面有一排排自行车 还有巨大的回收垃圾的蓝色垃圾箱 他的公寓有我喜欢的老式水泥楼梯 他掏出钥匙开门 我发现我们的钥匙链一模一样 只是我的那个胶皮已经磨得毛毛的 他的还是很干净 那个钥匙扣来自丹麦很有名的珠宝品牌 他房间很小大概二十五平方米 卧室和客厅是一间 外加一个小厨房 规规矩矩的样子 卧室里有个我很喜欢的 丹麦风格的写字台 他指着角落的单人床说 晚上把床垫放下来拼一起 就能两个人睡了 他说不过我只有一床被子 你得将就一下 我笑说没事儿

去奥胡斯展览馆的路上 他带我穿过他们的大学 现在是期中考试的时候 能看到很多学生在一楼的教室里 复习 偶尔有路过的人和小卓打招呼

奥胡斯展览馆坐落在城市里 它很显眼 因为在展览馆顶层 架着一圈巨大的 透明彩色玻璃隧道 人可以在里面走 看到整个城市 我觉得这个设计很有趣 在里面换一个位置 因为颜色不同 整个城市也会换一种风格 我站在黄色玻璃后面 让小卓给我拍照 我说我的下本书的名字就叫 《黄》

后来我们去楼下看了其他的展览 有一个是用大炮向墙角发射红色炮弹的 每隔半小时 就有工作人员戴着耳机来开炮 还有一个我喜欢的展览是 一个蹲着的男孩的雕像 雕像大概有 七八米那么高 毛发 皮肤和骨骼的细节都做得惟妙惟肖

我说晚上我们别出去吃了 我来做饭好了 我们去超市买了食材 我做了海鲜意大利面还弄了个水萝卜无花果沙拉 他打开电视放到爵士乐的频道 他的电视连接到网络上 有一个供应商 通过那个平台可以听歌看电影电视剧 我说这个收费很高吗 他说一个月大概五十美金 不过他没付钱 他用他哥哥的账户登录的 只要买一次 可以在不同地方登录

后来我们收拾干净 把房间的小书桌挪到厨房 把床垫子拿下来和床板拼到一起 他说你睡床垫吧 床板太硬了 我说真是给你添麻烦了 他说哪里的话 你来我很开心 没想到我们能在我的家乡再见面 我洗完澡走出来 他已经躺下来看书了 我也钻进被子里 拿起平板电脑回复邮件 他指着我小臂上的伤疤问 怎么弄的 我说之前做厨师的时候 在厨房里烫的 他点头说 看起来很像一颗心

第二天早上 他请我在咖啡店吃了早餐 然后送我去火车

站 我们在站台上 抱了抱 我说我们还会见面的 他笑说 我也这么觉得

四

回到哥本哈根 用丹麦的手机号联系Tom 等他的时候 我又买了个热狗吃

他从车上走下来 笑盈盈的 脖子上随意地围着一条小丝巾 我说我很喜欢你丝巾的颜色 他说简单的衣服配上一点点颜色就能改变整个气质 而且 在衬衣里面围上这个非常保暖

我问他我们今天做什么 他说 我们先去一个有海的小镇吃午餐 然后在那里买我们接下来几天做饭用的海鲜 接着去我在森林里的小木屋 在那里住到你离开哥本哈根 我说太好了

上了车 因为阳光很好也不觉得冷了 Tom问我吃没吃过小蘑菇 我说吃过啊 我爸爸当项目部长的时候 经常有组员从长白山带来新鲜的小蘑菇和野鸡还有飞龙 他笑说不是那种说了个我没听说过的

我们路过烟草店的时候 他下车买了一盒烟纸 那烟纸很高级 都已经一个个卷好了摞在一起 六个一组

我们开车大概半个小时时间 离开城市来到了一个小镇 吃饭之前Tom带我去看海鲜市场 其实那个海鲜市场也没有很大 但是里面各种各样的鱼非常新鲜 买了非常绵密的不知道是什么鱼的橙色鱼子 青皮的龙虾 还有一条眼睛油亮的海鱼

在海边吃的 小咸鱼 打开三明治 放上酸瓜还有挤上柠檬汁特别新鲜 就着啤酒一起吃 这时候对面有渔船驶回来刚靠岸 Tom说我们太幸运了 等下可以去渔夫那里直接买 我们把东西放到车里 然后去码头 渔夫穿着胶皮做的连体工装裤子 他很热情 举手投足都是男人里的男人的感觉 四十岁左右 高高的样子 头发黑白相间 让我想到了海明威可能就是这个样子 我们聊天 知道原来他在水上工作已经二十多年了 他的妻子是亚洲人 两个人一起住在附近哥本哈根的小镇子上 他从口袋里倒出两只螃蟹 我不知道Tom和他怎么讲价钱的 只是觉得他把两只螃蟹往秤上一扔 也没看多重 随便收了点钱 后来他还要往口袋里放一条鱼 我和Tom谢过他说 不用了 我们已经买好了

接着我们又开车开了半个小时 来到超市买了一些水果 香草 土豆 葱 再上车开了五分钟后 就进入了森林 他要给我做个心理测验 问我在一个旅行里 走进一个森林看到的第一

个动物是什么 我说猴子 他说 那你出了这片森林看到的第一个动物是什么 我说 斑马 他说接下来你继续走 遇到一个障碍是什么样的障碍 我说是一片植物的荆棘 他说那你怎么过去我说我身上有宝剑 自己开辟了一条路出来 他笑说好 那么你继续走 看到一个 可以留宿的地方 你形容下是什么样子的 我说是一个很小的木头房或者小土房 里面有老爷爷老奶奶 他问说 那里有门吗 你是怎么进去的 我说有门 我先敲门 等别人开 如果没有人开门 我就自己进去 他说 进去以后你看到一个桌子 这个桌子什么样子 什么质地 我说桌子是圆的 木头的他继续问 那你从那个小屋走出来的时候看到动物了吗 什么动物 我说有啊 有小鸡 牛 狗 还有猪 他大笑说好 好 那你有看到水吗 我说什么水 他说 各种形态的水都算

我说没有大片的水 但是院子里有一口井 那个井水特别好凉凉的还甜 我问Tom 问完了吗 Tom说完了 那我给你分析下

他说 你进去森林以后看到的第一种动物是你希望别人见到的你 你说的是猴子 说明你希望别人觉得你是有趣的 聪明 开开心心又毫不在乎的 出了森林你看到的第一种动物是真正的你 你说是斑马 我觉得这说明你心思很细腻同时又很坚强 非常敏感 挡住你去路的东西是你生活中所遇到的困难

你说是一片荆棘 说明在困难面前你会觉得一头雾水 而且只有比较大的障碍你才会觉得是困难 至于对付困难的方法你不是绕开 而是凭借自己力量 朋友的帮助硬闯 他继续说 你想象中能留宿的地方就是你所喜欢的家的样子 所以你没有追求很奢华的住所 就舒舒服服的样子 而且你家庭观念很重 我问他那那个门呢 他说 门是你和别人打交道的方式 你会先敲下门等别人应答 说明在社交方面 如果你喜欢一个人会给他一些信号但是不会非常主动 要看别人的反应你才会进一步和他来往 当然如果你很喜欢一个人 对方又没有什么反应 你还是不会顾及那么多 硬闯进别人的生活 他说 那张桌子是你的处事之道 木头的话 说明你这个人性格温润 圆桌说明你和谁都能很轻松地交往 成为朋友 他说 至于出了门你是否看到动物 是说你的恋人 所以你有鸡 牛 狗 猪……听起来还是一个其乐融融的场景 这个似乎很准哦 我说哪里准了 我问那那个水呢

他说那个是你的财富 他说你的财富是你院子里的井 说明你不愁钱花 只要付出一点点努力就会有钱赚 而且你赚钱的方式对身心有益 我说哇真好 我说我开始还想说小溪呢 那可能更多水 他说 小溪不如井好 小溪的水都流走了 没有什么钱的 我说哦

就这样 我们来到他森林里的小屋 这个房子太可爱了 让我想到电影 *Single Man*（《单身男子》）里面的场景 墙上有漂亮的壁画 院子里有好多植物 Tom说 有的时候 大阳下山就会有鹿来院子里吃草 他说你先去把东西放起来 休息一下 我们一起做晚饭

五

我在Tom的书房里睡觉

Tom的森林小屋整个都是木头结构的 外面是深色 里面是木头原色 书房采光很好

墙壁四周随意搭建的木头隔板上 放着各种各样的书 安静地罗列着散发着让人觉得舒服的味道 地上罗列着高高低低的黑胶唱片

尽管房间满是阳光 毕竟要进入冬天 房间里还是清冷 靠在房间一角 是宽一米多一点点的单人床 脱光衣服 只剩内裤钻进白色被褥里 发现被子的一角向下绣着 Jacob&Tom 把下巴藏在被子里没多久就睡着了

再起来的时候 穿上秋衣去厅里 Tom一个人倚在客厅的沙发上看书 他问我睡得好吗 我说不错 他说那我们开始做饭

吧 饿了

Tom去书房 架上去一张黑胶唱片 一个黑人女人的声音 那音乐听起来很六十年代 因为我们在荒无人烟的乡村小屋里 音乐开得再大声也不用担心影响到别人

我把毛衣脱掉 衬衣袖子卷起 开始洗螃蟹 那个螃蟹又大又粗糙很多泥不好洗 只好戴上烤箱手套先把它们钳子掰掉 拿鞋刷子洗肚皮

把炒锅烧热 放进去橄榄油 切碎的胡萝卜 西芹 圆葱 还有黄油 炒过 把大卸八块的螃蟹放进去 大火炒 炒得差不多了 把白葡萄酒浇上去 听到滋啦……的声音以后把锅盖盖上 捂个十分钟就好了

我做螃蟹的时候Tom倒了两杯白兰地 他问我要不要加冰或者兑别的饮料 我说不用 keep it neat（保持纯度） 他笑说 such a man（很爷们儿） 我们喝酒的同时他也开始做菜 把鱼子盛在一个小碗里 滴了几滴橄榄油进去 切了四分之一个柠檬挤汁进去 放了盐和胡椒 把平叶香芹切碎放进去 这个做好之后 他从冰箱拿出来吐司片 切去四边 切成三角形放在有电阻丝的烤架上烤

晚饭的时候把音乐换成《毕业生》的原声 先把烤吐司抹上黄油再把鱼子盛上去 一起送到嘴里吃 伴着酱料的味道绵密的鱼子在嘴里像一颗颗小型胶囊崩裂 伴随着令人喜悦的低调鲜味

然后就着白葡萄酒吃螃蟹 螃蟹的味道很好 只是吃起来还是有沙子 这让我觉得很不好意思 明明已经很认真地洗了好几次了 但是Tom也不介意 说有点沙子也不要紧 可以帮助消化

我拿出来新出的《云治》送给他 他仔细地翻看 我给他讲兔子的故事 他笑眯眯地听着 说真好 真好

我第二天早上一直睡到九点才起来 Tom正在刷盘子 问我睡得怎么样 我说很好我准备去淋浴 淋浴间的瓷砖是黑色的 Tom和我说丹麦的水很硬 洗完之后记得用地上的刷子把墙面刷一下 否则干了以后都是白色水渍 他还说 因为这个原因 丹麦的咖啡都不是很好喝

吃了午饭 Tom问我想不想做点体力活 我说好啊 他说他准备把后院打扫下 说因为后院也没有围墙 经常傍晚时候 就有三三两两的鹿过来吃掉花盆里的花 把种下的香草也踩坏

了 我说真的吗 还有鹿我最喜欢鹿了 我们今天傍晚能看到吗 Tom说这个要看运气 不是一直有的 我问他那你想让我做什么 他说你劈柴好了 晚上我们可以把火炉点上 我说好啊 我还没劈过柴 树桩的直径大概有pizza那么大 我抡起斧子使劲劈下去结果斧子夹在树桩里拿不出来 再次抡斧子的时候整个树桩也被带着飞了起来 只好朝着另外一个树桩一起打下去 这样反复几次才劈碎 整个过程完全不像之前看过电影里光着上身的壮男每劈一次 柴都直飞 有的时候树桩太大 斧头又陷得很深根本抡不动 只好用两条腿夹着树桩 往外拔斧子 劈了好久 身上都出汗了 劈了一小堆整整齐齐的柴 Tom说挺厉害啊 我以为你劈几下就要走开了呢 佩服 我说尽管我没有那么爷们儿 一下子就能劈开 但责任心还是有的 我摸着胸膛说不过这个真锻炼身体 我觉得我胸肌都出来了

下午我们去看海 在森林里走了二十分钟去海边 偶尔出现别人家的度假小屋 Tom就带着我走过去 双手罩着眼眶趴在窗户上往里看 研究这家设计 装修风格怎么样 我开始很紧张生怕里面有人 Tom和我说不用怕 这个森林除了夏天 很少有人来住的 顶多从市内过来度个周末罢了 看了几家以后我也乐在其中 看着房子里面的摆设 物件 心里想象着北欧的生活

我穿着Tom的匡威鞋 披着他的运动外套和他一起在海边走 风很大 海风把细沙吹到一起 在森林边缘堆起一个个山丘 我和Tom不厌其烦地跑上一个山丘又往下跑 跑上一个山丘又往下跑 面对着大海 心里琢磨着 这个应该是什么洋 眼睛被海风吹得开始流泪 有脱了衣服下去游泳的冲动 但是知道这样一定会感冒于是罢了 回去的时候Tom特意带我去一个黑色的森林 那个树林里的树长得千奇百怪 张牙舞爪的样子很像童话故事里被女巫下了诅咒的迷宫 我问Tom我们不会在这里迷路吧 他说不会 闭着眼我们也能走回去

回去的时候 走着走着Tom忽然停下脚步 他指着一条小路的尽头 我顺着望过去 一只棕色的鹿站在那里 就在小路尽头的正中间 它抬头看着我们也不动 似乎连眼睛都没眨我们就在那里对峙着 差不多一分钟时间 那只鹿走开的时候好像咒语才被解开的样子 我觉得我的心被柔软地揉搓了一下 那种感觉一直持续到晚上 我和Tom围着火炉讲他的故事的时候

他一边搭柴火一边教我怎么生火 他说我十七岁的时候在一次学校春游 遇到了二十六岁的S请我喝了杯酒 我心里想世界上怎么会有这么美的人 之后我们就好上了 S是我见过的最正直的人 不过后来我才知道S有艾滋病 开始的时候我家

里很反对 但是他们真的和S接触过以后 也都爱上了S 所以我二十岁的时候就和S结婚了 当时我觉得很幸福 工作也很顺利 S很聪明给了我很多帮助 那个时候我就开始做一些时装的工作和世界各地的设计师打交道 感觉拥有了一切 没有什么想要的 我们结婚四年以后 S的病情忽然恶化 最后的那段时间我辞去了工作 几乎天天在病房陪着 S变得憔悴 很快瘦下来 不过即使是最后那段日子S也很开朗 总和我说觉得遇到我 这一辈子够了

Tom眼睛里闪着泪光 我问他那S的病有传染给你吗 他轻松地笑笑说没有 可能我有抗体吧 在一起那么多年我都没有事

他说那是我的第一次婚姻 S走了以后我很低迷 花了一两年的时间才走出来 我二十八岁的时候在一次聚会上认识了Jacob 他说J是在宴会上很安静的那种人 别人说话的时候就认真地听 偶尔很诚恳地笑 后来我们就在一起了 二十九岁的时候我们结婚了 这是我们结婚前一起买的房子 那次婚礼办得很大 很多圈子里的朋友帮忙 布置的摄影的做饭的弄音乐的结婚那天我们都穿的白色 我们在后院搭了帐篷放了跳舞用的地板 一直玩到第二天早上 我和J的婚姻持续了十几年 直到我遇到Mads M小我二十多岁 对我很好也很新奇 但是我心里

也担心因为年龄我们的感情不会长久 不过我和J的感情出现了问题 我们都知道弥补不了 后来就离婚了 但我们现在也是很好的朋友 如果J回来丹麦 周末偶尔来小木屋住

这时候Tom和Mads已经分手半年了

我听着Tom讲着他的故事 不时地点头又默默地喝酒 我觉得Tom真有魅力 爱得纯粹 活得又热情 我张开嘴想说什么 后来只是咬了一嘴空气 跟他干了一杯 我觉得听了他的故事 让我更想好好去爱 同时又让我觉得 同步又贴合的爱真的好难

走的时候 他去火车站送我 火车进站之前 我狠狠地抱住他 说你好好照顾自己 我们后会有期 他说 一定

但是像我们这些没有宗教信仰的人

不就是靠被喜欢的人喜欢而活下来的吗

后记

黄尘清水

“黄尘清水三山下，更变千年如走马。”

因为 一而再再而三 或者 接二连三 这样的成语 所以《陪III》的出版对我来说是一件理所当然的事情 一两年前就知道会出这本书 好像计划一次长途旅行 一下子预订好了红橙黄绿青蓝紫的票 过一段时间你就会知道要去一个相应的关卡

这本书会是我二十几岁时 出的最后一本书 明年就三十岁了 在公司一起去意大利旅行的时候 我们说起新书 小四说安东尼明年也三十了吧 三十而立 安东尼你立了吗 我当着大家的面 笑着回答 好几年前就立了啊

但是真的立了吗 现在回过头去看看之前的陪系列《陪I》的时候二十出头 写的出国前在国内的生活 刚出国时的新奇 打工经历 《陪II》的时候 在国外的生活稳定下来 谈恋爱

后来回上海工作 《陪III》整理起来挺快的 杂志专栏 风象上的别册 豆瓣日记 按照时间先后编排在一起

这几年在上海简短地工作 又回去墨尔本长住 去了一些国家 探访了几个朋友 参加了几次好友的婚礼 做过几百次晚餐 先后和几个人谈情说爱 学了一年设计 头发白了几根 眼睛里也挂事儿了 这几年去了很多国家 但是我看我的日记 除了台湾和法国这两个地方有硬性要求 有编辑催稿的旅程 我自己去过的那些国家城市 都没什么记录 那些旅行都变成了纯粹的旅游 行走 没有什么反省和对于过去生活的发散 总觉得在一个地方住不久 没多久就想离开

但是看我住在墨尔本的时候 还有上海时的日记 发现这几年对于生活的记录没有很多 更多的是对自己生活的反省 也许正是因为想得多吧 所以一直要走 因为走的时候不会想太多

总是想做一些事情 和朋友一起做了设计公司 今年有自己的电影开始拍 bunny boy（兔男孩）的产品在设计 还是想好好做饭开饭店 还是想好好谈个恋爱 但是对爱的形式和定义又有了新的理解 可能算是成熟了点 却也觉得自己这几年

没什么变化

二〇一三年年底 回到上海 起初几天和朋友一起住在衡山路 思搬瑟的家里 思搬瑟四十多岁（我发现我喜欢和比我年纪大的人交朋友） 美国人 在上海生活十多年 讲一口流利的上海话 圣诞新年期间 他回去美国探亲 把房子留给我们住 我每天早上冲澡的时候都会放一阵子热水 洗手间层高有三米 两米多的墙壁是水磨石的水泥 热水流过 整个浴室变得暖暖的 经常站在那里淋着热水不愿意出来

在梅龙镇广场对面的静安别墅租了个 老洋房 我一直喜欢那个地方 朋友介绍了房东 给了比较合理的价格 又愿意长租 所以就直接拿了下来 想说以后每次回上海有个落脚的地方 不在上海的时候就短租出去 让上海的朋友打理 整个十二月基本都在设计这个公寓 之前装修的新乐路是温暖的感觉 那么静安应该是干干净净 利利索索的 几年下来 发现过生活需要的东西越来越少 一个厨房 几个瓷碗 一张长桌 贴合肌肤的暖和被褥 可以看书的椅子就够了

由于装修的预算一再变高 生活费变得紧张 基本上不喝酒了（反正上海的酒贵又没有那么好喝）也尽量不出去吃饭

就算请客也是吃中国小炒 早上的时候和阮一起做饭 用腊肠代替培根切入葱段炒鸡蛋 也经常裹得严实 走十几分钟的路去吃小馄饨

前些日子 新乐路上小英国退房 我又搬了回来 买了两箱酒精 把火炉生起来 卧室里一直开着地暖 到了晚上把空调关了 睡得也很舒服 就是上厕所不容易 要从很高的台阶上下来 走过厨房去外边合用的洗手间 说是合用 主要因为上海老房子的构造 其实我楼上邻居（一个悉尼来的开酒店的 澳洲人）已经在楼上安了自己的厨房和厕所 经常睡到三点多 光个屁股披件棉袄 仗着楼上人也不会半夜下来 走出去上厕所

前天晚上带上剪刀出门 去襄阳公园找长得茂盛的大棵儿草本植物 剪下几枝来回家插上 我发现上海当地居民 看起来很冷漠 但是接触下来很有人情味 我每次出入弄堂都会和邻居打招呼 时间一长彼此都认识了 邻居王阿姨对我最好 她说 小马你回来啦 我说对啊 回来工作几个月 谢谢阿姨 帮我打扫院子 一直干干净净的 她笑说 随手就打扫了 不要紧的 你看你都瘦了 我说哪里哪里

转眼之间 过了几年

二〇一四年应该不错 生活会变得充实 也会被喜欢的人喜欢

二十岁开始时的自己 充满元气横冲直撞

快要三十岁的时候的自己 经常抽离肉身 站得远远地审视自己 想这是我吗 这是我想要的人生吗 爱情是这个样子吗 生活只是这个样子吗

我觉得 随着年龄变大 灵肉又会再次同步 合一 踏踏实实地生活 不会有太多困扰

总之 观望今后几年的生活 我觉得会好

红橙黄…… 这几年谢谢你们 过得如何呢 你好吗

会好的 一定会

安东尼 上

二〇一三年十二月 于上海 新乐路

在法国行李丢了 所以一直穿着球鞋运动服
借了小西的牛仔衣 没有阳光的时候很暖和

当时穿了白色裤子 那是我第一次穿 我觉得白色裤子不实用
除了法国这样的乡村小镇 都没适合穿的地方

新乐路的房子 把大门拿掉 整个弄堂都被包裹得严严实实的

只有我们一家开门敞院的 经常就有猫光顾 有一次跑到我家里 尿了我的床

因为一起做饭 和香港一个带很厉害艺人的经纪人成了朋友
他会算命 看我手相说命好 但是花钱大手大脚 说让我买枚戒指戴中指上
这样钱就不会往外流

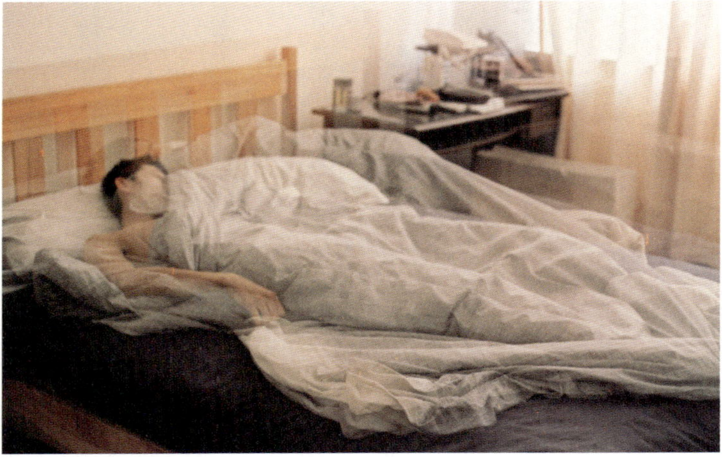

在上海的时候 住在妇女用品商店的楼上
高大的梧桐树一直长到窗边
淮海路上 一天到晚 都车水马龙

我一直觉得我很会 在照相时摆表情的
但是往往快门按下的时候 抓住的都是一脸呆样

在法国和西班牙交界的小镇 明明还在法国 却能感受到西班牙的热情
我很喜欢那边房屋的颜色 so wrong but so right

去哥本哈根 穿过“女巫诅咒过”的森林来到海边
觉得如果跑到海里
也许能遇到《小美人鱼》里的王子

我一直不会抓头发 偶尔用发胶的时候就很不自然
理发的时候 师傅会问 你平时抓头发吗 我都会说基本不弄
你就帮我剪一个不用抓头发也能 好看的就好

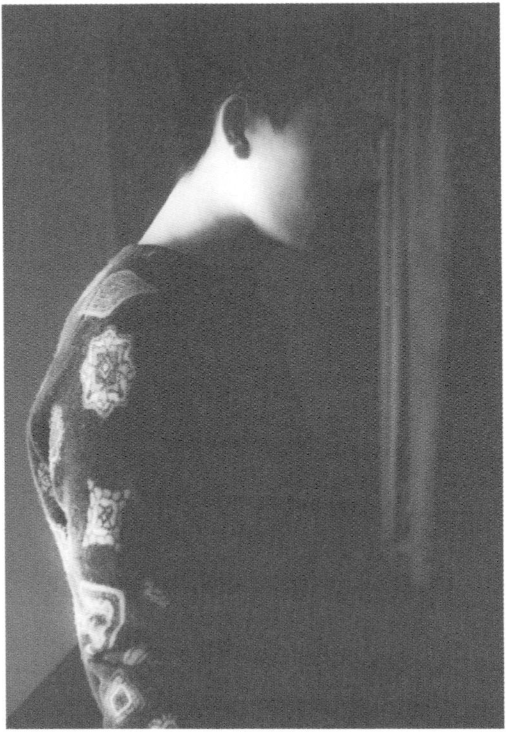

这件衣服 我去店里 看了三次 终于咬牙买了
很喜欢上面的图案 色彩鲜艳
又鲜艳得不纯粹

装这个灯的时候 朋友一再问我为什么不放在长桌中间 而只是一角上方
我嘴上说对称没有美感 心里悄悄想的是 这样我在桌子左边写东西的时候脑袋
上面就有一个光环了 像天使一样 这么俗气的想法 没好意思说出来

在伦敦遇到一起相约去湖区的小伙伴 管家 厨娘 才子 还有我
不能更完美的组合 开开心心的几年 希望早日再聚
看到卤猫奔跑在田野上的样子

我最喜欢的动物 应该是马 它们长得那么美又健壮
不过在农场见到的这匹矮马很袖珍
应该没有人忍心坐上去

接米是小托的侄子 是我见过的最好看的外国小孩之一 不过他性格很古怪 我刚认识他的时候他很小 也很害羞 有个特点就是从来不用公共厕所 宁肯憋得难受也要回家 实在不行 宁愿找棵树也不愿意去公共厕所 我们基本没有怎么讲过话 只是每次我去他家 打招呼而已 婚礼这天 小朋友都在院子里玩 他走到我身边问 安东尼你能帮我系一下鞋带吗 我说好啊 我可以教你

墨尔本的秘密海滩 我很少告诉别人具体的地址 和师父还有肉丝走了几公里 阳光特别好 我们躺在满是汁水的多肉植被上 坡有一些陡 加上多肉植被的滑腻汁液 如果踩不稳 很容易滑下去

图书在版编目（CIP）数据

黄：陪安东尼度过漫长岁月. Ⅲ / 安东尼著. --长沙：湖南文艺出版社，2023.12（2025.12重印）
ISBN 978-7-5726-1369-2

Ⅰ. ①黄… Ⅱ. ①安… Ⅲ. ①散文集－中国－当代 Ⅳ. ①I267

中国国家版本馆CIP数据核字(2023)第215021号

黄：陪安东尼度过漫长岁月Ⅲ

HUANG PEI ANDONGNI DUGUO MANCHANG SUIYUE Ⅲ

作　　者：安东尼
出 版 人：陈新文
责任编辑：李　阔
出版统筹：邓　理
选题策划：付　婷
装帧设计：松树@CONS PROS
内文设计：胡小西
美术执行：杨　平　阿　娅
插画绘制：Echo
出版发行：湖南文艺出版社
（长沙市雨花区东二环一段508号　邮编：410014）
网　址：www.hnwy.net
印　刷：深圳市福圣印刷有限公司
经　销：新华书店
开　本：787mm × 1092mm　1/32
字　数：180千字
印　张：8.5
版　次：2023年12月第1版
印　次：2025年12月第7次印刷
书　号：ISBN 978-7-5726-1369-2
定　价：48.00元